問學

丛书编委会

（按姓氏音序排列）

主　编

傅　杰　　刘进宝

编　委

程章灿　　杜泽逊　　廖可斌　　刘跃进

荣新江　　桑　兵　　舒大刚　　王　素

王云路　　吴振武　　张　剑　　张涌泉

敦煌学记

刘进宝 著

浙江古籍出版社

图书在版编目（CIP）数据

敦煌学记 / 刘进宝著 . -- 杭州：浙江古籍出版社，
2021.7

（问学）

ISBN 978-7-5540-2043-2

Ⅰ . ①敦… Ⅱ . ①刘… Ⅲ . ①随笔－作品集－中国－
当代 Ⅳ . ① I267.1

中国版本图书馆 CIP 数据核字（2021）第 098916 号

敦煌学记

刘进宝　著

出版发行	浙江古籍出版社
	（杭州体育场路 347 号　电话：0571-85068292）
网　　址	https://zjgj.zjcbcm.com
责任编辑	伍姬颖
封面设计	吴思璐
责任校对	吴颖胤
责任印务	楼浩凯
照　　排	浙江时代出版服务有限公司
印　　刷	浙江海虹彩色印务有限公司
开　　本	787mm×1092mm　1/32
印　　张	8.375
字　　数	180 千字
版　　次	2021 年 7 月第 1 版
印　　次	2021 年 7 月第 1 次印刷
书　　号	ISBN 978-7-5540-2043-2
定　　价	60.00 元

如发现印装质量问题，影响阅读，请与本社市场营销部联系调换。

目录

CONTENTS

敦煌学的概念、范围和研究对象

"敦煌学"这一名称最早是由日本学者石滨纯太郎于1925年8月在大阪的讲演中提出的，1930年，陈寅恪先生在为陈垣的《敦煌劫余录》作序时，也提出了"敦煌学"一词。他们各自分别提出"敦煌学"的背景相同，所指敦煌学的研究对象也仅仅是敦煌文献。

石滨纯太郎和陈寅恪提出"敦煌学"后，学者们所研究的只是敦煌文献，后又扩展到敦煌石窟的研究，但并没有对其属性、含义和范围进行过多关注。

一、关于敦煌学概念的探讨

1981年，随着"敦煌在中国，敦煌学在日本"说法的误传，国家相关部门开始调研，拟成立相关研究机构，1982年敦煌文学研究座谈会在兰州和敦煌的举行，中国敦煌吐鲁番学会的筹备、成立，1983 年全国敦煌学术讨论会的召开，使社会各界，从党政机关到学术机构，从学者到民间人士，都开始关注敦煌。也正是在这种大的背景下，学术界开始讨论敦煌学的概念及学科建设问题了。

20 世纪 80 年代初关于敦煌学的学科属性及内涵的讨论，影响最大的当属姜亮夫和周一良先生的意见。

早在 1956 年，姜亮夫先生就在《敦煌——伟大的文化宝藏》一书中探讨了敦煌学的概念和内涵："全部敦煌学的范围，是相当大而繁复的。从主要的内容而言，应分两大类：一是属于造型艺术的塑象、壁画、绢画及木建筑（窟檐）等；一是属于文书如竹简、写本佛经、儒经、中亚西藏印度文书、及一切史料文学等。但以必然不可少的参证比较资料来说，则敦煌一带的汉墓，乃至于考古上的一切发现，也都是重要材料。廓大到全个河西，全个西域，乃至中央亚细亚的一切文化历史，莫不与敦煌相涉，要结合来研究才行！"这是目前所见最早对敦煌学的概念、范围、内涵进行综合探讨和提炼的表述。由此可见，姜亮夫先生所定义的敦煌学范围比较宽，除了敦煌的文献、艺术外，还包括敦煌周边乃至新疆、中亚地区的历史及出土的文物。在 20 世纪 80 年代初的敦煌热中，姜亮夫先生又连续发表文章，对 50 年代的观点进行了深入和细化。在《敦煌学之文书研究》（载《敦煌吐鲁番文献研究论集》第二辑，北京大学出版社 1983 年）一文中指出："敦煌学之内涵当以千佛岩、榆林诸石窟之造型艺术与千佛洞所出诸隋唐以来写本、文书为主。而爰及古长城残垣、烽燧遗迹、所出简牍，及高昌一带之文物为之辅。"随后在《敦煌学必须容纳的一些古迹文物》（《西北师院学报》1982年第4期）一文中再次重申了其观点，指出："敦煌学的中心主题，自然是经卷与造型艺术，然而……与敦煌有关系的文物，也应归入敦煌学。我粗略地想一下，至小限敦煌地区所发现的汉竹简、汉以来的'绢''纸'军用器（属于汉以来戍卒使用的），及一切杂器物、寺塔，乃至于长城的砖石等，都是敦煌学中不可少的从属品……原则地说，敦煌学是中国文化中的一个宝库，所以这些属于中国文化史上曾经存在的文物，点点滴滴也是与敦煌学有血肉关系的。"在1983年的中国敦煌吐鲁番学会成立大会上，姜先生又作了《敦煌学规划私议》（《社会科学》1985年第1期）的书面发言："说到敦煌学，内容是相当复杂的。狭隘一点的人，只把写本、刻本、卷子算作'学'。在我的私见，则莫高窟的各种艺术品也是'学'；绘画、雕塑、石刻、木构建筑，无一不在整个历史文化范畴之中，而且也各有其原理、原则方法在其中，为什么不能是学呢？即如从各种画像中的题衔，不也可以考见唐末五代瓜沙地区统治者的制度，及其与四隅的关系么？我曾就此等题衔，考定曹议金世家的家庭组成，及其与当时西域诸外族的关系，成《曹氏世谱》，能说这些题记不是历史学的资料吗？由此可以说，凡属在莫高、榆林的一纸、一牍、一画、一字，乃至一草、一木，莫不可以作为六朝至北宋这个长时期中的文化遗产。比起孔壁的古文，汲冢的竹书，丰富不仅于千百倍，重要也不仅于千百倍。要是再能配上西陲汉简、高昌文物，其作用更要大得多（将来敦煌学的研究，必定少不了这些资料，因而私意以为应尽量纳入高昌乃至全部新疆、青海资料，此是后话）。"

姜亮夫先生关于敦煌学概念、范围和内涵的意见，并没有得到学界的广泛赞同。这可能是姜先生对敦煌学定义的范围实在太宽了的原因，这样也容易混淆敦煌学与西北史地学、吐鲁番学、中西交通史、中亚史等学科的界限。

另一个有影响的观点是周一良先生提出的。周一良在为王重民先生的《敦煌遗书论文集》（中华书局 1984 年）作序时说："敦煌资料是方面异常广泛、内容无限丰富的宝藏，而不是一门有系统成体系的学科。如果概括地称为敦煌研究，恐怕比'敦煌学'的说法更为确切、更具有科学性吧。"在纪念《文史知识》创刊 5 周年时，周一良先生又作文说："从根本上讲，'敦煌学'不是有内在规律、成体系、有系统的一门科学，用固有名词构成的某某学又给人不太愉快的联想，所以最好就让它永远留在引号之中吧。"（周一良《何谓"敦煌学"》，载《文史知识》1985 年第 10 期）

由于周先生是提出"敦煌学"一词的陈寅恪先生的学生，在史学界有重要影响和地位，北京大学中国中古史研究中心编辑的《敦煌吐鲁番文献研究论集》第一辑的《序言》就是周先生所写，所以他的意见在学术界有比较广泛的影响，或者说有比较共同的认识。当时在学术界有广泛影响的三个论文集，即北京大学中国中古史研究中心编辑的《敦煌吐鲁番文献研究论集》（共5辑）、武汉大学唐长孺先生主编的《敦煌吐鲁番文书初探》（共2集）、厦门大学韩国磐先生主编的《敦煌吐鲁番出土经济文书研究》，都是文书或文献研究。就是敦煌文物研究所也不称"敦煌学"，而称"敦煌研究"，如1980年编辑、1982年出版的《敦煌研究文集》，1981年创办的《敦煌研究》杂志。

1984年，林家平、宁强、罗华庆联名发表了《试论敦煌学的概念、范围及其特点》（《兰州学刊》1984年第1期），他们不同意姜亮夫和周一良先生的意见，提出"敦煌学的概念内涵应有三个层次：第一，敦煌地区遗存至今的文献文物资料。第二，对这些文献文物的整理研究。第三，指导这种研究的科学理论"。并根据当时已经开拓的研究领域，将敦煌学的研究范围划定为敦煌史地、敦煌美术、敦煌建筑、敦煌乐舞、敦煌宗教、敦煌文学、敦煌语言文字文献研究、敦煌科技文献研究和敦煌版本文献研究。

针对林家平等学者的意见，刘进宝发表了《试论敦煌学及其研究对象——兼与林家平等同志商榷》（《社会科学》1988年第5期），对学界已有的敦煌学、敦煌研究、敦煌文献研究进行了考辨，提出所谓敦煌学，"是指以敦煌遗书、敦煌石窟艺术、敦煌学理论为主，兼及敦煌史地为研究对象的一门学科"。

2001年，荣新江在《敦煌学十八讲》中，认为周一良先生对敦煌学的看法"极有见地，'敦煌学'的确是一门不成系统的学问"。

郝春文最早将敦煌学定义为交叉学科，提出敦煌学的"研究对象已被拓展为敦煌文献、敦煌石窟艺术、敦煌史迹和敦煌学理论等四个方面。随着敦煌学研究对象的拓展，所涉及的学科也增加了，其多科性或多学科交叉的特征也更加鲜明。这样看来，我们似乎可以将敦煌学称为交叉学科"（郝春文《交叉学科研究——敦煌学新的增长点》，载《中国史研究》2009年第3期）。并发表专文对敦煌学的产生、作为一门学科需要满足的条件及其理论、方法等进行了探讨，仍然重申了交叉学科的性质："敦煌学是以敦煌遗书、敦煌石窟艺术、敦煌史迹和敦煌学理论等为主要研究对象，包括上述研究对象所涉及的历史、地理、社会、哲学、宗教、考古、艺术、语言、文学、民族、音乐、舞蹈、建筑、科技等诸多学科的新兴交叉学科。"（郝春文《论敦煌学》，载《光明日报》2011年2月17日）

另外，生活在台湾的方豪先生在20世纪50年代的《敦煌学发凡》（原载《边疆文化论集》第3册。此据《中西交通史》，浙江大学出版社2016年）中曾讨论过敦煌学的研究对象，认为应该包括四方面的内容，即敦煌汉长城附近发现的汉简，莫高窟、榆林窟和西千佛洞的壁画、塑像，敦煌文献，还有敦煌附近的古迹。

以上我们对敦煌学概念、涵义和研究对象的讨论情况作了简单的梳理，由此可知，敦煌文献的发现已近120年，如果将1909

年作为敦煌学的起始，也已经110年了，就是从石滨纯太郎和陈寅恪提出"敦煌学"一词，也已经八九十年了。但学术界对敦煌学的概念、涵义观点纷呈，并没有取得比较一致的意见。

二、东方学背景下的敦煌学

当1900年敦煌文献发现时，中国正处于半殖民地半封建状态，所以敦煌文献的大部分被帝国主义的探险家、考察家劫掠而去，劫余部分运到北京收藏。目前敦煌文献分藏在十几个国家的几十个图书馆、博物馆中，其中位于伦敦的英国国家图书馆、巴黎的法国国家图书馆、圣彼得堡的俄罗斯科学院东方文献研究所和北京的中国国家图书馆收藏最多，所以伦敦、巴黎、圣彼得堡和北京是敦煌文献收藏的四大中心。

当敦煌文献被劫到英法等国、劫余部分被运到北京时，日本学者便积极从事敦煌文献的调查和搜集，开始了欧洲、北京的访书活动，而英、法等国的学者也开始了敦煌文献的编目、整理和研究，这样就在世界范围形成了一股研究敦煌文献的热潮。也正是在这种背景下，大正十三年（1924）七月内藤湖南率长子内藤乾吉及大阪外国语学校的石滨纯太郎到英法德意各国考察，翌年二月返国。这次的欧洲之行，他们"勾留伦敦五礼拜，英博物馆所藏石室遗书，除内典未染指外，已睹一百四十余种"。在英国还见到满蒙文书，由"石滨、鸳渊二君为编书目，皆足补东方著录之阙矣"。这一经历使石滨纯太郎眼界大开,对于国际学术界有关敦煌西域出土文物文献研究的历史和现状有了全面的了解。也正是这次的欧洲考察,才有了石滨纯太郎于1925年8月关于"敦煌学"的演讲。此后不久,陈寅恪先生在为陈垣的《敦煌劫余录》作序时也提出了"敦煌学"一词。

石滨纯太郎和陈寅恪所生活的时代,国际学术的潮流是东方学,学界的主流是历史比较语言学。它的特点是不仅要掌握多种东西方语言文字,同时还要掌握多种东方的民族语言和死文字,利用各种文字史料对种族氏族、语言文字及名物制度进行比勘和审订。东方学没有一定的学科体系和理论架构,研究的对象也十分分散而不确定,并根据需要不断在转换研究重点和地域。

作为一门学科的东方学,并未建立自己的理论范式,也没有本学科的理论和研究范围,在此背景下建立的印度学、埃及学、亚述学、敦煌学等学科,也缺乏理论体系,并根据不同的条件和时代不断转换研究的重点。如从研究内容来说,早期的敦煌学只研究文献,后来又加入了石窟艺术,现在又提倡文献与石窟的综合研究。在研究的对象上,从敦煌的文献、石窟,逐渐扩展,内容不断放大,我们看看《敦煌研究》的栏目及文章题目,涉及了整个石窟、丝绸之路、简牍、黑水城文献、新疆发现的文献文物等,似乎呼应了姜亮夫先生关于敦煌学的定义。

西方学者所研究的东方主要是文本中的东方,就是研究东方的民族历史语言和文化,即主要是对各种东方文献的研究,缺乏实地的考察与真正的了解。东方学及其有关的学科能够在 19 世纪得到巨大发展，则是因为历史比较语言学是当时西方学术的主流，而对各种新发现的东方文献比较、研究和解读，恰好符合当时世界学术的新潮流。如石滨纯太郎除了精通英语、德语、法语和俄语这些国际上通行的语言外，还精通蒙古语、满语、土耳其语，研究过藏语、梵语、西夏语，具有进行历史比较语言学研究的基础。陈寅恪先生能够阅读日、英、法、德、俄文，并有使用蒙、藏、满、梵和巴利、波斯、突厥、西夏、拉丁、希腊等十几种语文的能力，尤以梵文和巴利文特精。他的西北史地研究和蒙藏绝学探讨，都运用的是历史比较语言学的方法。石滨纯太郎和陈寅恪关于"敦煌学"的提出，都是在此背景下的产物。

另如韩儒林先生在欧洲游学时，从伯希和攻读蒙古史、中亚史，研习波斯文和蒙、藏、突厥等语言文字，后又到德国柏林大学学习。留学欧洲的三年，正是韩儒林"融通西方史家研究方法与中国传统治史方法的学术关键时期"，他所说的"审音勘同"的研究方法，实际上就是当时欧洲的历史语言比较研究模式。韩儒林先生在蒙元史方面的许多考证成果，主要是直接用波斯、阿拉伯史料原文与汉文、蒙文史料相互比勘校订，从历史学和语言学两方面进行辨析，订正了中外史料以及前人著述中的诸多谬误。

三、以地名学的敦煌学

敦煌学是目前世界上唯一以地名学的国际显学。敦煌之所以引人关注，首先是由敦煌的地位决定的。在今天，如果没有敦煌石窟，国际组织和普通百姓是很难知道它的；如果没有敦煌学，世界的学者也不会对敦煌有多少了解。

敦煌之所以特殊，是由它在历史上的地位决定的，即在汉唐时期，敦煌是丝绸之路的"咽喉"之地，而丝绸之路又是中国古代对外交往的主要道路。

在汉唐时期的千余年里，中国的经济重心在北方，政治重心则在西北，对外交往的通道只有一个，这就是西边的丝绸之路。所以，当汉武帝时期霍去病打败匈奴，派张骞出使西域的前后，就在今天的甘肃河西走廊"列四郡、据两关"，设置了武威、张掖、酒泉和敦煌四郡，并在敦煌的西面建立了出入的关口——玉门关和阳关。

由于敦煌是丝绸之路的"咽喉"，即不论丝绸之路分为几条道路，或作为网络状不断变化，如从长安到敦煌可以有好几条道路，从敦煌进入西域后也有北道、中道和南道等，但敦煌是唯一不变的吐纳口，故而成为东西方文明交汇的枢纽。

正因为敦煌是丝绸之路的"咽喉"、中西交通的枢纽，所以汉王朝就在敦煌的西边设置了玉门关和阳关，控制着东来西往的商旅。而丝绸之路从敦煌西出后的北、中、南三条道路都"发自敦煌"，然后经"西域门户"的伊吾、高昌（今吐鲁番）、鄯善而达中亚、欧洲，敦煌"是其咽喉之地"，这就清楚地说明了敦煌在中西交通中的重要地位和枢纽作用。

敦煌在丝绸之路和中西文化交流方面的特殊地位，赋予了敦煌以地名学的条件。

四、结语

通过前面的阐述，我们可以得到以下的感悟：

一、虽然敦煌文献发现已经120年了，从敦煌学概念的探讨史可知，对这门学科的概念、内涵及研究对象还没有取得比较一致的意见，或称为敦煌学，或称为敦煌研究，或称为敦煌文献研究。就是称为敦煌学的学者，对其涵义及研究范围、学科性质的看法也不尽相同。我个人认为，作为一门学科的敦煌学应该是能够成立的，它研究的对象是敦煌文献、敦煌石窟、敦煌史地和敦煌学理论。

二、敦煌学是在东方学的背景下产生的，它也具有东方学的一些特质，即学科的体系和理论架构还不够完善，研究的对象也比较分散，并不断在转换研究重点。因为敦煌学所包含的范围非常广泛，敦煌文献被称为中国中古时期的"百科全书"，敦煌壁画被法国人称为"墙壁上的图书馆"。可以说，中国古代的历史、地理、社会、哲学、宗教、考古、艺术、语言、文学、民族、音乐、舞蹈、建筑、科技等等，都在敦煌有所反映，或者说都有研究的材料。敦煌学的研究犹如东方学一样，除了传统的艺术、历史、语言、文学研究外，也是根据时代和需要在转换研究的重点，如20世纪80年代，国家提出"科学技术是生产力"时，敦煌科技尤其是敦煌医学研究是一个热门话题，除了对敦煌发现的本草学著作——《新修本草》《食疗本草》《本草集注》，敦煌发现的医经——《内经》《伤寒论》《脉经》《新集备急灸经》等进行整理、探讨外，还将敦煌文献中的医方运用在临床医学中进行实验。另如2013年国家提出"一带一路"的倡议后，敦煌与丝绸之路及中西文化的交流又成了研究的重点。

三、敦煌学是一门以地名学的学科，它的一切是围绕着"敦煌"展开的，它离不开"敦煌"，或者说它就姓"敦"，不能离开"敦煌"而谈敦煌学。所以在历史上敦煌郡或沙州范围内的遗迹、遗物及其历史、地理都是其研究对象，敦煌以外的历史遗迹只能说与敦煌学有关系，不能将其纳入敦煌学的研究对象。如简牍材料，历史上敦煌郡境内发现的属于敦煌学的研究对象，其他地域发现的则不是，应该是简牍学研究的对象。现在已经有的《简帛》《简帛研究》《简牍学研究》等，就是专门的简牍学研究刊物。另如吐鲁番学，也是一个独立的学科，1983年成立的中国敦煌吐鲁番学会，将敦煌与吐鲁番合并在一起，那是不得已而为之的，并不能表示敦煌与吐鲁番是一个整体。随后成立的甘肃敦煌学学会和浙江省敦煌学研究会，还有酒泉地区敦煌学学习研究会，都只是敦煌，并没有包含吐鲁番。新疆吐鲁番学研究院和新疆吐鲁番学学会是专门的吐鲁番学研究机构，《吐鲁番学研究》也是吐鲁番学研究的专门刊物。至于黑水城文献则属于西夏学的研究对象，《西夏研究》《西夏学》就是其专门的刊物。总之，敦煌学是研究"敦煌"的，它与吐鲁番学、简牍学、西夏学、丝绸之路学、西北史地学等是并列的关系，而不是从属的关系。至于吐鲁番学、简牍学、西夏学、丝绸之路学、西北史地学等还没有敦煌学成熟，或者还没有建立自己的学术组织，那是另外一回事。

我们强调以地名学的敦煌学姓"敦"，只是从学科的属性考虑的。从研究的角度来说，则强调的是打通，即敦煌学研究者不能局限在"敦煌"，要走出"敦煌"，对中国古代的文史典籍，尤其是与敦煌学有密切联系的吐鲁番学、简牍学、西夏学、丝绸之路学、西北史地学等材料要融会贯通。

另外，敦煌学与其他学科还有千丝万缕的联系，真的是剪不断，理还乱。如在吐鲁番出土文书中，就有部分敦煌的文献，日本学者小田义久编的《大谷文书集成》第一卷，就分为"高昌国时代诸文书""西州时代诸文书""吐鲁番出土敦煌关系文书"等四部分，在"吐鲁番出土敦煌关系文书"里的大谷2835《武周长安三年三月括逃使牒》完全是武则天时期有关沙州（敦煌）检括逃户的文书。还有大谷2832《沙州敦煌县牒》、大谷2834《敦煌县受田簿》、大谷2839《敦煌县各乡营麦豆亩数计会》等，都完全是沙州的材料，是研究唐代敦煌历史不可或缺的。另如新疆出土的楼兰汉晋木简中也有一些敦煌材料，是研究汉晋时期敦煌历史及与西域交往的重要史料。这些材料虽然发现在新疆地区的吐鲁番和楼兰，属于吐鲁番文书和楼兰简牍，但从联系、发展的角度考虑，自然是敦煌学的重要材料。

（本文原载《敦煌研究》2019 年第 5 期）

"敦煌在中国，敦煌学在日本"的提出及其反响

从1981年开始，国内开始流传"敦煌在中国，敦煌学在日本"的说法，并说这是日本学者藤枝晃在天津南开大学和兰州西北师范学院演讲时说的。在当时爱国主义和民族主义的情绪感召下，"敦煌在中国，敦煌学在日本"的说法一经流传，就引起了大家的愤慨，但却没有冷静地从理性上来辨别和讨论。

一、藤枝晃与"敦煌在中国，敦煌学在日本"

关于"敦煌在中国，敦煌学在日本"之说，起源于1981年日本京都大学的藤枝晃教授在南开大学和西北师范学院的演讲。藤枝晃教授来南开大学讲演是1981年4月8日至5月23日，讲演结束后，南开大学历史系于1981年6月将藤枝晃的讲演稿整理为《敦煌学导论》油印交流。

据当时在南开大学听课的中国学者说，"敦煌在中国，敦煌

藤枝晃在敦煌参观（1981年6月）

学在日本"并不是藤枝晃说的，而是请藤枝晃来讲演的南开大学日本史专家吴廷璆教授说的，目的是让大家重视这位中国学者还比较陌生的敦煌学家。因为当时的敦煌学研究，虽在国内已经起步，但对一般的学人来说还是比较陌生的，吴廷璆教授此前就说过"敦煌在中国，敦煌学在外国"的话。正是为了让大家重视这门还比较陌生的学问、重视国内一般学人还比较陌生的藤枝晃教授，吴廷璆教授主持讲座并介绍藤枝晃教授时讲了此话。为了突出日本和藤枝晃，就改为"敦煌在中国，敦煌学在日本"了。

南开演讲后，藤枝晃赴敦煌参观。在兰州中转时，就于1981年5月26日下午在西北师范学院（今西北师范大学）进行了学术演讲。正是在西北师范学院的演讲中，藤枝晃说到：有学者说，敦煌在中国，敦煌学在日本。同时还讲到"高昌的文化有独特的特色"等。

"敦煌在中国，敦煌学在日本"之说在中国引起较大的反响后，听说藤枝晃曾有过辩解：原话不是他说的；他只是说：有学者说，敦煌在中国，敦煌学在日本。而翻译没有将此话完全翻译说明，因此造成了误会。（详见刘进宝《敦煌学史上的一段学术公案》，载《历史研究》2007年第3期）

二、"敦煌在中国，敦煌学在日本"引起的反响

"敦煌在中国，敦煌学在日本"之说一经流传，在当时那个极具爱国主义和民族主义的时代，从上到下，从官方到民间，从政界到学者，都感到的是气愤、震惊，而没有人去探究它的真实性和客观性。但不可否认，"敦煌在中国，敦煌学在日本"之说的传播，客观上却对我国敦煌学的发展起到了极大的推动作用。因为在爱国主义的感召下，加强敦煌学研究，成了爱国主义的象征，也是弘扬民族精神的动力。此后，从官方到学界，都更加重视敦煌学的研究及有关研究组织的建设。

1981 年 8 月，邓小平同志在中央政治局委员王震和中共中央宣传部部长王任重陪同下考察了敦煌，当时主持敦煌文物研究所工作的副所长段文杰先生"简要地向邓小平等同志介绍了敦煌的历史和莫高窟文物的内容和价值，特别是藏经洞文物的发现、帝国主义的掠夺、敦煌学在国际学坛上的兴起，所谓'敦煌在中国，研究在外国'的说法，省委指示一定要把敦煌学搞上去，研究所研究人员正憋着一股气开展工作等情况。小平同志说：'敦煌是件事，还是件大事'"，并询问有什么困难。段文杰谈了研究所人员的生活等问题，着重谈了洞窟的加固工程。当邓小平问到需要多少钱时，段先生说"最少得三百万"。邓小平便吩咐由王任重负责解决，（段文杰《敦煌之梦》第 59 页，江苏美术出版社 2007 年）并一再叮嘱："敦煌文物天下闻名，是祖国文化的遗产，一定要想方设法保护好。"（李天昌《邓小平同志在敦煌》，载《敦煌文史资料》第三辑）

姜亮夫先生在 1983 年说："两年前听人说，某领导去敦煌视察，听人说起日本谣传'敦煌材料在敦煌，敦煌学在日本'，便立即电告北京筹备，使敦煌学有所发展。"（姜亮夫《敦煌学规划私议》）姜先生的听说，可能并非空穴来风，从事情的发展来看，应该是有一定根据的。

在邓小平视察敦煌不久，教育部就于 1981 年 10 月专门派人到甘肃调查了解敦煌学的研究状况；在随后编制的"六五计划（1981—1985 年）"中，也将敦煌学研究列入哲学社会科学研究的重点项目。1982年3月，在国务院召开古籍整理出版规划会议期间，教育部顾问周林邀请与会专家座谈了整理敦煌吐鲁番文献的情况及建立敦煌学会的设想。同年6月，教育部在南京又邀请了部分学者进行酝酿。"许多专家学者一致表示了组织起来促进研究工作的愿望，认为国内国际形势迫切要求我们凝聚力量，改变研究力量和资料分散的现状，并强烈表示要为加速人才的培养、多出快出科研成果、进一步提高我国敦煌吐鲁番学在国际学术界中的地位而贡献力量"。这可能是为了回应"敦煌在中国，敦煌学在日本"之说，官方倡导加强敦煌学研究，并计划成立敦煌学会的开始。

　　紧接着，教育部高教一司就于1982年4月15日给教育部党组提交了《关于发展敦煌学的建议》，建议成立敦煌学会、普查搜集资料、组织学术考察、进行人才培养和开展国际学术交流等，该《建议》最后指出："以上各端，如认真执行，五年之内，我国的敦煌学就可建立起来，随着研究工作的深入，成果的积累，新生力量的成长，将使我国的历史学、宗教学、文学、艺术、民族学、民俗学、中西交通史等多种学科的研究工作和教学工作，更加丰富，使国际学者刮目相看，那时，我们将以事实宣告：敦煌在中国，敦煌学的中心也在中国，敦煌是新中国社会科学领域的一颗灿烂明珠。"

　　从教育部高教一司的这份《建议》可以看到，当时要加强敦煌学研究和组织工作的一个重要目的就是为国争光，要使国际学者对我"刮目相看",并要以事实宣告:"敦煌在中国,敦煌学的中心也在中国。"这可以说是官方渠道第一次对"敦煌在中国,敦煌学在日本"所做出的回应。

1982年7月2—3日,由教育部顾问周林和北京大学副校长季羡林教授主持,在北京大学举行了中国敦煌吐鲁番学会第一次筹备会议。会议商定:学会"成立大会初步定于今年十月上旬在兰州召开,参加人数包括新闻界在内约一百五十人,会期一周左右,会后去敦煌考察"。这次筹备会议之后,教育部就于7月19日向中宣部提交了《关于成立敦煌吐鲁番学会的请示报告》。

教育部《关于成立敦煌吐鲁番学会的请示报告》,中央宣传部于1983年1月15日批示同意。同时,教育部副部长彭佩云在北京大学强调文理科要"比翼齐飞"时指出:"对敦煌学、蒙古学等我国所特有的学科也要注意扶持。"就在此前后,在国际东方学界享有盛誉的第31届亚洲北非人文科学大会已决定于1983年8月31日在日本举行,我国著名的敦煌吐鲁番文书研究专家、武汉大学历史系主任唐长孺教授已收到邀请,将赴日本宣读论文,这是改革开放后我国哲学社会科学研究者首次得到重要国际学术会议的邀请。对我国学术界而言,也是展示自己能力的大好机会。

在此之前,敦煌文物研究所也积极筹备,计划于1983年9月召开全国敦煌学术讨论会。由于有了唐长孺先生受邀赴日本参加第31届亚洲北非人文科学大会之事,为了展示我国的学术力量,有利于提高我国在国际学术界的声誉和地位,经文化部文物局和甘肃省委建议，筹备中的全国敦煌学术讨论会与中国敦煌吐鲁番学会成立大会合并举行。因此，1983 年 5 月举行的中国敦煌吐鲁番学会第二次筹备会议决定：中国敦煌吐鲁番学会成立大会暨 1983 年全国敦煌学术讨论会"定于八月十五到二十日之间在兰州举行，会期十天，以便在八月三十一日日本召开的第 31 届亚洲、北非人文科学大会之前闭幕，有利于我国在国际上的学术声誉"。

1983 年 7 月 25 日，教育部高教一司科研处为中国敦煌吐鲁番学会成立大会提供了《解放后我国学者要求加强敦煌吐鲁番研究的建议》，在"研究敦煌吐鲁番文献文物的意义"部分中，指出加强敦煌学研究对国际斗争及开展国际学术交流有重要意义。"日本学者扬言：敦煌在中国，敦煌学在日本。把我国的学术力量组织起来，发扬优势，将使国家争光"。

从"日本学者扬言：敦煌在中国，敦煌学在日本"之说可见，官方已经认为，"敦煌在中国，敦煌学在日本"就是日本学者所说；从"扬言"二字也可以看到我们的态度和愤怒。

1983 年 8 月 18 日，中国敦煌吐鲁番学会成立大会通过了学会章程，选举了理事会，季羡林先生为会长，唐长孺、段文杰、沙比提、黄文焕、宁可先生为副会长。随后，唐长孺先生以中国敦煌吐鲁番学会第一副会长的身份，在朱雷先生的陪同下，赴日本参加第 31 届亚洲北非研究国际学术会议。

由此可见，中国敦煌吐鲁番学会的成立，是国内外形势发展的需要，但确实与"敦煌在中国，敦煌学在日本"之说有着千丝万缕的联系。可以说，此说促使了我们更快地加强学术建设。

除了中国敦煌吐鲁番学会的成立与"敦煌在中国，敦煌学在日本"的传言有千丝万缕的联系外，国内敦煌学研究的勃兴，国家对敦煌和敦煌文物研究所的关注和重视，以及敦煌文物研究所升格为敦煌研究院的决策等，也与这一说法有关。

敦煌文物研究所所长段文杰先生在此问题上的相关表态，就是当时学界对这一反映的一个缩影。在 1980 年段先生所写的《敦煌研究》发刊词《敦煌研究的回顾与展望》和《敦煌研究文集前言》中并没有涉及"敦煌在中国，敦煌学在日本"，因为这时藤枝晃还没有来中国讲演。1981 年后，段先生以此为契机，在各种场合利用"敦煌在中国，敦煌学在日本"的说法，提醒各方面关注敦煌，重视和加强敦煌学研究。

据段文杰先生自述："1979 年秋，第一次敦煌学国际研讨会在法国巴黎举行，吸引了全世界敦煌学专家的目光。此外，俄、英、美等国也都有一定的敦煌学著述问世。国际敦煌学方兴未艾，而中国大陆则是十多年的空白。无怪乎一位日本学者发出了'敦煌在中国，研究在外国'的断言。这种言论的流传，使我们这些身处中国专业研究机构的研究人员无不感到自尊心受挫。但是，扼腕叹息无济于事。我们只有抓紧时间，急起直追，多出成果，赶上国际学术界前进的步伐。"（《敦煌之梦》第 56 页）可以说，"敦煌在中国，研究在外国"的传言，使国人的民族自尊心受挫，也激发了国人奋发图强的决心和意志。

在1983年全国敦煌学术讨论会上，段文杰说：这次会议的举行"必将推动敦煌学研究在各个领域内更加深入地发展，扭转'敦煌在中国，研究在外国'的落后局面"。后来在《1983年全国敦煌学术讨论会文集·前言》中说：当时"不知从什么地方吹来了一股冷风，说甚么敦煌虽然在中国，敦煌学研究却在外国。每一个稍有民族自尊心的人，对此，心情确实是不平静的，特别是长期在敦煌从事研究工作的人，更是憋着一股'劲儿'"。在1984年8月敦煌研究院的成立大会上，段文杰讲话说："我们要把'敦煌在中国，研究在外国'的言论看成特殊的鞭策，特殊的动力。我相信经过我们的努力，这种状况一定会改变，被动的局面一定会扭转。我们要以坚实有力的步伐，迈入国际敦煌学研究的先进行列。"

从以上的记述可知，"敦煌在中国，敦煌学在日本"的传言有几种，除了"敦煌在中国，敦煌学在日本"外，还有"敦煌在中国，研究在外国""敦煌材料在敦煌，敦煌学在日本""敦煌虽然在中国，敦煌学研究却在外国"等。从而可知，所谓"敦煌在中国，敦煌学在日本"，基本上都是传言，并非藤枝晃所说。甚至有人还对这个传言进行了推理、想象和演绎，如艾绍强在《永远的敦煌》（中国工人出版社2008年，第158页）中说："其实'敦煌在中国，敦煌学在日本'也是一句误传的话。1981年，日本学者藤枝晃到南开大学访问，校方领导在对藤枝晃表示敬佩的同时谦虚地说：'敦煌虽然在中国，敦煌学却在你们日本。'后来藤枝晃在大会上引用了这句话，结果引起轩然大波，成了藤枝晃对中国敦煌学界的挑战，中国的许多学者一直耿耿于怀。"不知道这个推论的根据是什么。叶舟在《飞天之都：酒泉》（中国青年出版社 2009 年，第 169 页）中也不加考虑地这样说："1981 年，日本学者藤枝晃到南开大学访问，校方领导在对藤枝晃表示敬佩的同时谦虚地说：敦煌虽然在中国，敦煌学却在你们日本。后来藤枝晃在大会上引用了这句话，结果引起轩然大波，成了藤枝晃对中国敦煌学界的挑战。"

三、"敦煌在中国，敦煌学在日本"的最早出处

虽然由于藤枝晃在南开大学和西北师范学院的演讲，出现了"敦煌在中国，敦煌学在日本"的传言，并激励着国人加倍努力，"奋起夺回敦煌学中心"。但"敦煌在中国，敦煌学在日本"并非空穴来风，它反映了我国当时敦煌学研究的实际情况，这一说法也是我国学者首先提出来的。1979 年 3 月 23 日至 4 月 2 日，中国社会科学院在四川省成都市召开了中国历史学规划会议。出席此次会议的代表共 280 多人，来自全国主要科研机构、高等院校，以及部分编辑出版部门等 140 多个单位。会议以较多的时间讨论了在过去两次历史学规划座谈会和调查研究基础上制订的中国历史学发展规划草案。"西北史地综合考察组着重讨论了西北

史地考察的重要意义。代表们说，目前国外研究我西北地区的人很多。'敦煌学'在国外已成热门。'敦煌在中国，研究中心在日本'，这种状况不能再继续下去了。大家谈到，西北史地考察对于我们反对苏联社会帝国主义的侵略扩张，对于发展我国和第三世界各国的友好关系，对于我国的社会主义建设，都有着重要的意义。与会者认为，对西北进行综合考察，重点地区应在新疆。综合考古队应包括自然科学工作者和考古、历史、民族、经济、语言、地理等方面的社会科学工作者"。（周自强《我国历史学界的一次盛会——记中国历史学规划会议》，载《中国史研究动态》1979 年第 6 期）

由此可知，"敦煌在中国，敦煌学在日本"之说，首先是我国学者在正式场合提出来的，只不过当时说的是"敦煌在中国，研究中心在日本"，其目的就是说"敦煌学"在国外已成了热门，我们应该加强敦煌学的研究。也就是在这次的历史学规划会议上，"敦煌吐鲁番文书"整理与研究被列入规划项目。

1981 年 4 月，在藤枝晃来南开大学讲演前夕，南开大学的吴廷璆教授也有过大致相同的表述，他告诫"我们的年轻人一定要有志气参与改变'敦煌在中国，敦煌学在外国'的不正常状态，要有志气改变史学研究的落后状况"。

敦煌文物研究所所长段文杰的记述更全面地说明了当时的情况："在十年动乱期间，中国大陆的石窟艺术和敦煌文书各科项目的研究完全停止。而香港、台湾的敦煌学者和日本、法国的学者在对敦煌文化的研究上，都取得了相当大的进展。"尤其是"日本学术界在继敦煌藏经洞发现后开始的首次敦煌研究浪潮和第一次世界大战后的第二次敦煌研究浪潮之后，50年代和六七十年代又开始了第三次敦煌研究热潮。'日本东洋文库敦煌文献研究会'、京都大学的'共同研究班'和龙谷大学的'西域文化研究会'等多种学术团体所进行的'集团式研究'，取得了丰硕成果。出版了……一大批重要著述。出现了石滨纯太郎、仁井田陞、藤枝晃、神田喜一郎、上山大峻、池田温等一批文论甚丰的敦煌学者。更令人注意的是，他们在此基础上又全面启动，并开始出版一套称之为《讲座敦煌》的十三卷本巨著"。（段文杰《敦煌之梦》第55页）正是在我国的敦煌学研究落后甚至停滞的情况下，日本的敦煌学研究却突飞猛进，所以才有了"敦煌在中国，敦煌学在日本"的感叹。

中国社会科学院历史研究所原敦煌研究组组长宋家钰先生也说：我们需要认真思考的是，在20世纪50—70年代，我们与日本敦煌学究竟存在什么差距？"日本敦煌学长期在国际敦煌学界所处的显赫地位是不言而喻的"。在第二次世界大战后，特别是50年代以后，日本的敦煌学有了较大的发展，取得了一些举世瞩目的成果，"在敦煌学各研究领域中，还没有哪一方面的研究能与日本的成果相比拟"。（宋家钰《"敦煌学中心说"引起的反思》，载《光明日报》2000年9月21日）

只有承认国外学者，包括日本学者在敦煌学研究方面的成绩，承认我们与日本在敦煌学研究上的差距，才能促进我们的敦煌学研究。也正是在这样的背景下，我国学者于1979年的历史学科规划会议上，指出"敦煌在中国，研究中心在日本"。因此我们要加强敦煌学研究，使"这种状况不能再继续下去了"。

正是由于"敦煌学"已成了国际的热门学问，为了改变"敦煌在中国，研究中心在日本"的局面，在当时国家经济还十分困难的情况下，根据敦煌文物研究所面临的实际情况，国家相关部门对敦煌文物研究所给予了特别的重视。1979年，国家文物局提出了《关于敦煌石窟保护、研究问题的请求报告》，中央宣传部批转了这个报告，甘肃省文化局党组在讨论这个报告的基础上，提出了《关于贯彻执行国家文物局对敦煌研究所六条建议的意见》。甘肃省委宣传部经部务会议讨论，同意甘肃省文化局的意见并上报省委。1979年9月20日，甘肃省委常委会讨论了敦煌文物研究所的有关问题，除了解决生活方面的问题外，专门研究了学术工作，提出"要把敦煌研究所学术委员会成立起来"，"把学术活动开展起来，组织大家写文章"，"已经写出的文章，要很快修改发表"。"宣传部、文化局要给研究所提要求、定任务，每年都要出成果，明后年的计划要定好。现有的成果要很快搞出来，文物所那么多人，不出东西，不出成果不行"。（甘肃省档案馆档案，档案号：093-003-0060-0007）由省委常委会来讨论敦煌文物研究所的论文发表、成果出版，本身就是非常独特的。

由于敦煌地处偏僻，职工的生活条件比较差，甘肃省政府在经济十分困难的情况下，也是优先保证敦煌文物研究所。如"一九八〇年，甘肃省文化局给敦煌文研所拨基建费三十万元，这是省文化系统粉碎'四人帮'以来列入国家计划修建宿舍的第一家，拨款也是最多的一家。一九八一年整个省文化系统基建费共一百三十多万元，其中有部列项目建设省图书馆大楼一百万。省里投资三十四万，全部给了敦煌"（甘肃省档案馆档案，档案号：093-003-0167-0013）。

1981年邓小平视察敦煌后，为了落实邓小平同志的交待，王任重回京后即向国务院领导作了汇报，"十一月全国计划会议期间，经国务院批准，国家计委、建委在'部商项目'中同意给敦煌拨给三百万元的基建费，主要用于改善敦煌文研所工作条件和职工生活条件方面"。

除了从经费、政策各方面给予支持外，甘肃省还于1980年调配、充实了敦煌文物研究所的领导班子，由段文杰先生全面主持工作，要让研究所的工作重点尽快转入科学研究，这就有了《敦煌研究文集》的出版、《敦煌研究》杂志的创办和筹备召开全国敦煌学术研讨会，从而迎来了敦煌学研究的春天。

（本文原载《敦煌研究》2021年第1期，收入本书时有删节）

敦煌在丝绸之路上的枢纽地位

　　敦煌一名，最早见于《史记》《汉书》的记载，如《史记·大宛列传》说"始月氏居敦煌、祁连间"，《汉书·张骞传》说乌孙"昆莫父难兜靡本与大月氏俱在祁连、焞煌间"，《汉书·西域传》说"乌孙本与大月氏共在燉煌间"，"大月氏……本居敦煌、祁连间"。

　　关于"敦煌"的含义，东汉的应劭解释说："燉，大也；煌，盛也。"将"燉煌"取义为大盛，这并非实指，而主要是说汉代敦煌的兴盛及其在中西交通中的重要地位。在《史记》《汉书》中已经有了"敦煌""焞煌"和"燉煌"三种写法，有学者认为有火字旁的"燉"是正体字，"焞"是其异体字，无火字旁的"敦"为俗体字。到了唐代，李吉甫在《元和郡县图志》中解释说："敦，大也，以其开广西域，故以盛名。"认为这个地方对于开发广大的西域地区有重要作用。可见，对同一个地名、同一件事，不同的历史时代会根据当时的情况作出不同的解释。

一、敦煌是丝绸之路的 "咽喉"

在张骞出使西域的前后，汉武帝还派遣霍去病率兵攻打河西的匈奴。击败匈奴后，汉王朝设置了包括敦煌郡在内的河西四郡，并在敦煌郡城的西面修建了玉门关和阳关，作为扼守西域进入河西、中原的门户。

敦煌的地理位置十分重要，它东接中原，西邻今新疆，自汉代武帝时期（前140—前87）以来，就一直是中原通往西域的交通要道和军事重镇。从敦煌出发向东，通过河西走廊就可到达古都长安、洛阳。从敦煌西出阳关，沿昆仑山北麓，经鄯善（若羌）、且末、于阗（和田）至莎车，穿越葱岭（帕米尔高原）可以进入大月氏、安息等国，这条通道就是著名的丝绸之路的南道；而从敦煌出玉门关北行，沿着天山南麓，经车师前王庭（吐鲁番）、

玉门关

阳关

焉耆、龟兹（库车），到达疏勒（喀什），然后越葱岭，进入大宛、康居、大夏等地，这条通道就是丝绸之路的北道。隋唐时期（581—907），由于中外经济文化交流的加强，在原丝绸之路北道之北又出现了一条新北道，即出敦煌至伊吾（哈密），再经蒲类（巴里坤）、铁勒部，渡今楚河、锡尔河而达西海（地中海），其在我国境内大致是沿着天山北麓而至中亚。

敦煌总扼两关（阳关、玉门关），控制着东来西往的商旅。而丝绸之路的这三条道路都"发自敦煌"，然后经"西域门户"的伊吾、高昌（今吐鲁番）、鄯善而达中亚、欧洲，敦煌"是其咽喉之地"，这就清楚地说明了敦煌在中西交通中的重要地位和枢纽作用。

1907年，斯坦因在敦煌西北的一座长城烽燧下，发现了一个邮袋，里面装着8封用粟特文所写的信件，其中5封相对完整，学界将其称为"粟特文古信札"。根据百年来世界各国学者的研究、解读，这些信是从姑臧（武威）、金城（兰州）和敦煌发送出来的，是这些地方的粟特商人写给家乡萨马尔罕（在今乌兹别克斯坦）贵人（自由民）以及楼兰等西域地区的其他粟特商人的书信。从这些粟特文信件可知，这个以姑臧为大本营的粟特商团，活动范围很广，他们东到洛阳、邺城（河北邯郸南），西到萨马尔罕，经营的商品有黄金、麝香、胡椒、樟脑、麻织物、小麦等，当然还有丝绸。这组书信写于西晋末年（312 年前后），真实地反映了丝绸之路上的商业贸易活动。

作为丝绸之路"咽喉"的敦煌，是东西方贸易的中心和中转站，被称为"华戎所交一都会"，而敦煌就是伴随着丝绸之路的兴盛而走向辉煌的。不论丝绸之路分为几条道路，其走向如何变化，敦煌都是唯一不变的吐纳口，故而成为东西方文明交汇的枢纽。

二、敦煌郡的设置是开通中西交通的结果

汉武帝打败匈奴，将河西地区归入汉的版图后，汉王朝为了进一步开发河西，保护中西交通，便在河西地区推行了一系列政治、经济措施。包括敦煌郡在内的河西四郡的设置就是其中重要的一项。

敦煌建郡的年代，《汉书》的记载就不一致，《汉书·武帝纪》载，元狩二年（前 121）"秋，匈奴昆邪王（即浑邪王）杀休屠王，

并将其众合四万余人来降，置五属国以处之。以其地为武威、酒泉郡"。元鼎六年（前111），"乃分武威、酒泉地置张掖、敦煌郡，徙民以实之"。而《汉书·地理志》则载，"酒泉郡，武帝太初元年开"，"敦煌郡，武帝后元（元）年分酒泉置"。

正是由于史籍文献记载的不同，20世纪40年代以来，许多学者依据《史记》《汉书》和考古新资料，对敦煌郡的设置时间进行了深入研究，但结论颇不一致。主要有元鼎六年；元封四到六年间（前107—前105）；太初元年（前104）；太初四年（前101）或稍后；天汉三年（前98）；天汉二、三年后至征和二年（前91）以前；后元元年（前88）等意见。

黄文弼先生认为，汉代于西北边塞凡有设置，或与重大军事行动有关，或属交通方面之必需。如"初置酒泉郡以通西北国"，而武威、张掖郡的设置则是为了隔羌胡交通，即着力开通东西交往的线路，极力阻隔南北方向的联系。这也从一个侧面说明了河西郡县的设置在丝绸之路的开通和经营方面的重要作用。敦煌郡的设置，就是汉王朝经营西域的重要成果。太初元年，汉王朝为了进一步扩大在西域的影响，拜李广利为贰师将军，率数万人"以往伐宛"。太初二年，李广利伐宛失利，"还至敦煌，士不过什一二。使使上书言：……天子闻之，大怒，而使使遮玉门，曰军有敢入者辄斩之！贰师恐，因留敦煌"。李广利伐大宛是汉代经营西域的重要行动，"数万人"的战斗队伍必定配备有大量的力役运输等。这样大规模的出兵西域，后方必有布置，当时的敦煌，对汉王朝来说正是经营西域的前沿基地，对于进入西域的汉朝兵士来说，又是后方基地。所以在此时设置敦煌郡，既可以备军事之转输，又有利于中西交通。

三、敦煌是经营西域的基地

敦煌既是丝绸之路的"咽喉"，又是中原王朝经营西域的基地。在我国历史上，特别是汉唐之间十来个建都长安的王朝，都注重加强西北方面的防御，尤其重视对河西走廊的经营。这一点早在汉代就认识得很清楚。清代顾祖禹在其《读史方舆纪要》中说："昔人言：欲保秦、陇，必固河西；欲固河西，必斥西域。"就合乎逻辑地总结了这方面的历史经验。

敦煌汉长城

　　敦煌既是东来僧侣、使节、商人进入中原的最初落脚点，也是西去僧侣、使臣和商人告别故国的地方。在汉代，凡是罢都护、废屯田之时，汉政府派人迎接吏士，"出敦煌，迎入塞"，就算完成了使命。对当时的旅行者来说，"西出阳关"意味着凄凉的离别，"生还玉门"象征着幸福的重聚。另如贞观初年玄奘西行时，就是从瓜州、敦煌间偷渡出境的。当贞观末年玄奘返回之时，唐太宗便"令敦煌官司于流沙迎接"。

　　隋炀帝时，"西域诸胡多至张掖交市，帝使吏部侍郎裴矩掌之"。裴矩在河西通过胡商对西域情况作了一番调查、了解，并根据其掌握的实际情况写了《西域图记》三卷，上奏朝廷。当炀帝召见裴矩时，他又讲了一些西域、河西的情况及发展丝路贸易的重要性，并说吐谷浑也不难打。帝于是慨然慕秦皇、汉武之功，

敦煌汉代烽火台

"甘心将通西域"。

为了打通丝绸之路，炀帝便西巡河西。大业五年（609），炀帝由大斗拔谷（今甘肃民乐县扁都口）而"次燕支山，高昌王、伊吾设等，及西番胡二十七国谒于道左"。炀帝的西巡，大大促进了丝路贸易的繁荣。早在裴矩经营西域时，就常常往来于敦煌以至西域之间。隋炀帝在接待西域使者和商人的同时，还派韦节、杜行满等人出使西域。他们到达克什米尔、印度等地，得到了玛瑙杯、佛经、狮皮、火鼠毛等。

唐王朝建立后，仍积极经营西域。在消灭北方的劲敌东突厥后，就转而进军西域。贞观十四年（640），唐太宗平定高昌，贞观十八年又攻焉耆，二十二年破龟兹，到唐高宗显庆三年（658），终于扼制了西域地区最大的敌对势力西突厥，西域各国的宗主权也正式从西突厥转移到唐朝手中。在唐朝经营西域的这些活动中，敦煌除了作为唐朝进军西域的物质供应基地外，沙州（敦煌）刺史也曾亲自率兵参加了诸如攻取龟兹的战斗。此后，在唐朝与西突厥、吐蕃余部争夺西域的斗争中，沙州是协助安西都护府（驻龟兹）控制西域的重要力量。

唐朝前期，除了高宗永隆二年（681）"西边不静，瓜沙路绝"和玄宗开元十五年（727）吐蕃一度攻占瓜沙外，敦煌一直是唐王朝经营西域的重镇。当时敦煌的集市上，既有内地来的汉族客商，也有从中亚各国来的胡商。"商胡"的来源很多，如阿拉伯、北非、东罗马帝国、波斯、印度半岛诸国等，都与唐有所谓"通贡""通使"的商业贸易关系。敦煌城东的沙州十三乡之一的从化乡，就是由陆续定居下来的粟特商人构成的。

　　然而，唐中叶以后，中国的经济重心和政治重心逐渐南移，海上交通日益发达，陆上丝绸之路逐渐衰落，敦煌也随之失去了往日的辉煌。

　　敦煌的出现、发展、繁荣和衰落，正是丝绸之路兴衰的标志。当丝绸之路畅通、中西文化交流频繁时，敦煌就繁荣、兴盛，当丝绸之路被阻断时，敦煌就衰败。尤其是明朝划嘉峪关为界后，敦煌便被弃置关外，变为荒凉之地，敦煌遂彻底失去了在丝绸之路上的重要地位。

　　（本文原载《光明日报》2020 年 6 月 8 日）

中西文化交流视野下的敦煌与莫高窟

莫高窟位于敦煌市东南 25 公里三危山对面的鸣沙山东麓，从公元 366 年开凿第一个洞窟开始直到 14 世纪，形成了南北长1700 余米的石窟群。现存历代营建的洞窟 735 个，鳞次栉比地分布于高达 30 多米的断崖上，上下分布 1—4 层不等。莫高窟分为南北两区，其中南区的 492 个洞窟是礼佛活动的场所，现存彩塑2000 多身，壁画 4.5 万多平方米，唐宋时代的木构窟檐建筑 5 座；北区的 243 个洞窟，主要是僧侣修行、居住和瘗埋的场所，大多没有彩塑和壁画遗存。

一、敦煌是丝绸之路的"咽喉"

不论是莫高窟的开凿时间——公元 366 年，还是莫高窟的开凿地点——敦煌鸣沙山，可能都是偶然的，但在此时间——公元366 年前后，此地点——敦煌周边，开凿石窟则是必然的。这是因为敦煌是汉唐时期中西文化交流的必经之地，是丝绸之路的咽喉要道。

敦煌是汉武帝时期的张骞出使西域后带来的名称。《史记·大宛列传》《汉书·张骞传》《汉书·西域传》就是以张骞的报告为据而撰写的，其中均有月氏人"居敦煌、祁连间"的记载。在张骞出使西域前后，汉武帝还多次发动针对匈奴的战争。击败匈奴后，汉王朝"列四郡、据两关"，即设置了武威、张掖、酒泉和敦煌四郡，并在敦煌郡城的西面修建了玉门关和阳关，作为扼守西域进入河西、中原的门户，此后，中原王朝出使西域和西域诸国朝贡中原往来不绝，"汉率一岁中使多者十余，少者五六辈，远者八九岁，近者数岁而反"（《史记·大宛列传》）。

敦煌南枕祁连，西控西域，是汉王朝西边的重镇，也是东西方文明交汇的枢纽。例如，班超在西域长达数十年，晚年上书说"臣不敢望到酒泉郡，但愿生入玉门关"，就是历史的真实写照。唐初，敦煌以西和以北地区都是突厥汗国的势力范围，以南则由吐谷浑占领。因此，武德末年、贞观初年，唐朝关闭了通往西域的关津。

作为丝绸之路的"咽喉"，敦煌也自然就成了中原王朝经营西域的据点和基地。汉王朝在敦煌驻军屯田，修建烽燧亭障，加强了军事防卫力量。同时还开展水利建设，发展了当地的社会经济。汉武帝太初元年（前104），李广利第二次西征大宛（今费尔干纳盆地）之时，敦煌就安排了6万士兵、数十万牛马等奔赴前线。

如果将中原王朝经营西域看作一幕幕话剧，那么，敦煌就是
中原政府导演话剧的重要舞台，而西域诸国则是这场话剧的主要
参与者。东汉时，由于北匈奴控制了西域，护西域副校尉转而长
驻敦煌，代替西域都护主管西域事务。因此，敦煌就成为汉朝统
治西域的军政中心。

五凉时期，敦煌还是各政权控制西域的重镇。前凉太元
二十二年（345），张骏将敦煌、晋昌、高昌三郡，与西域都护、
戊己校尉、玉门大护军三营合并，治所就设在敦煌。隋炀帝击灭
吐谷浑势力后，也以敦煌为前哨阵地，进军西域，占领了伊吾（哈
密），并修筑伊吾城。唐王朝在消灭东突厥后，转而进军西域。
贞观十四年（640），在唐朝平定高昌的战役中，敦煌又成为中
原王朝进军西域的物资和兵员供应基地。

唐朝随后经营西域的各项活动，例如，攻焉耆、破龟兹、扼
制西突厥等，也以敦煌作为进军西域的物资供应基地，而且沙州
（敦煌）刺史亲自率兵参加战斗。此后，在唐朝与西突厥、吐蕃
余部争夺西域的角逐中，沙州都是协助安西都护府（驻龟兹）控
制西域的重要力量。为了加强西域的镇防力量，上元二年至三年
（675—676），唐朝将丝路南道上的典合城、且末城，分别改称
石城镇、播仙镇，划归沙州直接管辖。《资治通鉴》卷二一六称，
天宝年间"是时中国盛强，自安远门西尽唐境万二千里，间阎相望，
桑麻翳野，天下称富庶者无如陇右"。可以说，正是由于敦煌重

要的政治经济地位，使得中原王朝重视对其的经营。

此后，由于唐、吐蕃、大食在西域的争斗，唐朝势力逐渐收缩，吐蕃势力入侵，归义军处于半割据状态。随着宋、辽、西夏等政权依次更迭，当时的中原王朝不得不暂时放弃了对西域的经营，敦煌在政治上就失去了其原有的基地作用。但是，作为"丝绸之路"的枢纽，敦煌在贸易上仍然是中西交往的重要孔道，在这条"丝路大动脉"上发挥着营养供给源的作用。

综上所述，敦煌的地理位置十分重要，它东接中原，西邻新疆，自汉武帝以来，就一直是中原通往西域的交通要道和军事重镇。从敦煌出发向东，通过河西走廊就可到达古都长安、洛阳。从敦煌西出阳关、玉门关，可达中亚、欧洲，这就清楚地说明了敦煌在中西交通中的重要地位和枢纽作用。

二、莫高窟创建的历史文化背景

自汉代丝绸之路开通以来，中原文化不断传播到敦煌，并生根发芽。同时，由于敦煌地接西域，交通极为便利，也就较早地接受了发源于印度的佛教文化。西亚、中亚的文化也随着印度佛教文化的东传而到了敦煌。中西不同的文化都在这里汇聚、碰撞和交融。

西汉末年王莽之乱时，"天下扰乱，唯河西独安，而姑臧称为富邑，通货羌胡，市日四合"（《后汉书·孔奋列传》）。由于敦煌与河西其他地区都偏处西北，远离中原，因而能避免诸如"八王之乱""永嘉之乱"那样的兵祸之灾，保持境内长期安定的环境。从而使大量避难百姓流亡到此，使河西的文人学士大为增加，并对保留中原先进文化及推动河西文化的发展，产生了积极的影响。正如胡三省所说："永嘉之乱，中州之人士避地河西，张氏礼而用之，子孙相承，衣冠不坠，故凉州号为多士。"另外，随着汉代对河西的开发，丝绸之路的畅通，河西文化与河西经济一起迂回上升，一批作为地主阶级知识分子的"士"，便在西北边陲的河西一隅，破土而出。因此，自汉以来，河西地区特别是敦煌，已是文化极盛之地，文人学士大量涌现。

河西地区有重大影响的文士学人，大多出自敦煌。可以说，没有汉魏以来敦煌文化的发展，便不可能孕育出像刘昞这样的儒学大师。而一些退隐或隐居的知识分子能够离开中原地区的物质文明，来到敦煌和河西各地，固然有当时政治上的原因，但也说明当时的敦煌已具有了提供他们从事著述和讲学的物质条件。这些都说明，汉晋文化传统在河西，尤其是在敦煌已打下了坚实而深厚的基础，以敦煌为中心的五凉文化，不仅继承了汉晋文化传统，并在此基础上不断发展，渐趋成熟。敦煌佛教艺术，正是在这种历史、文化基础上产生和发展的。

十六国时期，社会动荡，战争连绵，但佛教却得到了迅速的发展。尤其是河西地区，佛教更为流行，并对南北朝佛教的广泛传播起了桥梁作用。正如《魏书》卷一一四《释老志》所说："凉州自张轨后，世信佛教。敦煌地接西域，道俗交得其旧式，村坞相属，多有塔寺。太延中，凉州平，徙其国人于京邑，沙门佛事皆俱东，象教弥增矣。"

河西地区佛教的兴盛，首先表现在译经方面。由于佛教的广泛传播，河西地区出现了不少的高僧，如凉州人宝云、智严、竺道曼、道泰，酒泉人慧览，张掖人沮渠京声，金城人玄畅等。他们与朱士行、法显一样，不辞艰辛，跋涉于冰天雪地和荒漠沙碛之中，西行求经，瞻仰圣迹。归来时又携回大量梵文或胡语佛经，在河西境内开窟建寺，或聚徒讲经，或从事译著，为佛教在中国的传播、发展作出了贡献。最为著名的"敦煌菩萨"竺法护，

莫高窟九层楼

莫高窟石室宝藏牌坊

游历西域诸国，在西晋泰始年间（265—274）携带大批佛典回到中国，"自敦煌至长安，沿路传译，写为晋文"。此外，《出三藏记集》记载了大批西域诸国及天竺国的僧人经敦煌西来，传译佛经，使得四五世纪形成了佛经求取、传译的高潮，而敦煌则处在这股浪潮的潮头，这对敦煌地区佛教的兴盛关系重大。

河西地区佛教活动的兴盛，还表现在开窟建寺的活动十分活跃。石窟寺是佛教活动的标志，早期佛教信徒的主要功课之一是坐禅，即在石窟中静坐苦修，摒除杂念，一心向佛，以求解脱。据说只有在生前不断地坐禅苦修，才能渐渐达到寂灭的境界，死后升入天堂。因此石窟寺一般都建在远离闹市的幽僻山林中，并往往还有佛塔、佛像，以供修禅者一面观像，一面礼佛，最终达到超俗出世的境界。

河西地区现存的石窟寺之多，在全国是少有的。这些石窟寺虽没有兴盛于汉魏，但若追溯其建窟渊源，则大都产生于十六国时期。如《高僧传·昙摩密多传》说："昙摩密多，此云法秀，罽宾人也……遂度流沙，进到敦煌，于闲旷之地，建立精舍。"《集神州三宝感通录》记载凉州石窟开凿时说："凉州石崖瑞相者，昔沮渠蒙逊以晋安帝隆安元年，据有凉土……于州南百里，连崖绵亘，东西不测，就而斫窟，安设尊仪，或石或塑，千变万化，有礼敬者，惊眩心目。"

从早期佛教在敦煌传播的历史看，僧人崇尚开寺建窟，静坐修禅，因此选择了鸣沙山下这片沙漠绿洲。由于它既远离闹市，又能得到人间烟火的供应，在这里凿窟修禅，的确是很理想的。早在西晋时，就有月氏后裔竺法护在敦煌译经布道。前凉时，单道开、竺昙猷等高僧又在敦煌修习禅法。到了前秦建元二年（366），沙门乐僔便在鸣沙山上开凿了莫高窟的第一个石窟，敦煌佛教艺术之花从此绽开。

三、中西文化交流的结晶——莫高窟

作为敦煌艺术结晶的莫高窟，它的开凿、发展既是中外经济文化交流的结果，又是其载体和见证。

第一，敦煌是最先接受外来思想的地方，也是外来宗教传入我国的最早落脚点。佛教、景教、摩尼教等，都是经敦煌传入中原地区的，佛教并不是从印度直接传入中国的，而是间接经过中亚和西域（新疆）一带的大月氏、安息、康居等国传入的。最早的汉文佛经也不是从梵文、巴利文直接译成汉文的，而是经过中亚和西域（新疆）一带的"胡"语译成汉文的。这主要是因为当时既懂梵文，又懂汉文，而且还精通佛典的人实在是太少了，只有法显和玄奘、义净到印度多年，既精通汉文，又懂梵文，还熟悉佛经，因此他们翻译的佛经质量就高，但这毕竟是极少数。可喜的是，在敦煌文献中发现了一些梵汉对照佛经，如 P.2025、2798《大般若波罗蜜多经》，P.2739《大智度论》，P.2026《金光明最胜王经》，P.2783《妙法莲华经》等，均附有梵文原经。而这些梵文原本，在印度本土也早已散佚了。现在就有可能利用这批梵文本再移译，修正古译本在译文上的缺点和不足，更准确地认识这些佛经的宗旨。

另外，敦煌文献中还发现了署名为马鸣、龙树、世亲等所著的佛经，他们都是古印度佛教大师。这些典籍的发现，为我们研究印度佛教及其对中国的影响，汉藏佛教的交流，印度佛学大师的生平、著作及影响都提供了新的研究课题。

第二，莫高窟是中外文化交流的结果。佛教从印度发祥后不断东传，在传播的过程中开凿了许许多多的石窟寺，莫高窟就是其中之一。从莫高窟早期洞窟看，还有较浓重的西域、中亚风格，但也显示出了中原汉地文化的影响，而后，中原风格渐渐产生较大影响，并在内容、形式上与印度、中亚、西域风格融合，形成了东西文化交融的敦煌石窟艺术。

除了佛教这一世界主题外，敦煌的艺术也是世界的，如敦煌壁画上发现的玻璃器皿，表现出了萨珊波斯的艺术风格，由此可以探讨西亚地区玻璃器皿的制造工艺。

另如敦煌壁画中最有名的飞天形象，是中外文化交流互鉴的代表。飞天出自印度，在公元前二世纪的雕刻和壁画中就已出现了飞天形象。随着佛教的东渐，飞天也沿着丝绸之路飞越千山万水，途经许多国家和地区，特别是犍陀罗，吸收了希腊、罗马和波斯的艺术之后，便形成了最早雕刻佛陀形象的犍陀罗艺术，然后又进入西域，在龟兹诸石窟和寺院安家。到十六国时期，又从西域继续东传，飞越玉门关、阳关，才在莫高窟落户。

至于"飞天"一词，就目前所知，最早见于《洛阳伽蓝记》。该书卷二《城东》载："石桥南道有景兴尼寺，亦阉官等所共立也。有金像辇，去地三尺，施宝盖，四面垂金铃七宝珠，飞天伎乐，望之云表。"杨衒之所记乃公元六世纪初的情况，其金像辇上的"飞天伎乐"到底是什么样子，目前已无法见到了。但通过考古发现，我们却有幸看到了南朝"天人"的形象。

"天人"形象，是1968年南京博物院在江苏省丹阳县胡桥吴家村和建山金家村出土的两座南朝萧齐时期的墓葬中发现的。这里的"天"，已不完全是佛教传入以前中国原有的仙山之上的

黄昏下的莫高窟

"天",而是带有佛教"西方净土"的意味了。因为这时佛教已在江南广为流传,并与中国的传统文化相互融合。在这种情况下,把中国传统的羽人飞仙与佛教天人熔为一炉,画出中国化的"天人"形象,也就是很自然的了。

在古代中国,"飞仙"似有两个系统:一是中国固有的,另一是印度传来的。中国固有的飞仙,就是指羽人,是神仙家思想的产物。南朝大墓中的戏龙、戏虎图,都是羽人和天人并存于同一画面上。这种情况,似已说明"天人"已不完全属于中国固有的飞仙,而属于源于印度而中国化了的飞天。这种羽人和飞天并存的情况,在敦煌也有发现,如莫高窟第249窟壁画、第290窟残塑等,都是羽人和飞天共存。由此可知,羽人进入了佛窟,天人进入了陵墓，它们相互交起了朋友。这种情况，既适应了当时中国社会的需要，又反映了中印之间的文化交流。

由以上叙述可知，敦煌飞天，既不是印度飞天的翻版，也不是中国羽人的完全继承。而是以歌舞伎为蓝本，并大胆吸收外来艺术营养，促进传统艺术的改变，从而创造出的表达中国思想意识、风土人情和审美思想的中国飞天。

从敦煌的历史可知，它是丝绸之路的"咽喉"之地，在中外文化交流史上占有十分重要的地位；莫高窟是中西文化交流的结晶，以莫高窟为代表的敦煌艺术，既不是西来的，也不是东去的，而是中国古老的传统文化在敦煌这个特殊的地理环境中与外来文化相结合的产物。

开凿于公元 366 年的敦煌莫高窟，距今已 1650 年了，它在中外文化交流中扮演了非常重要的角色。随着国家"一带一路"宏伟蓝图的建设，莫高窟及其蕴含的深厚文化内涵，必将发挥更加重要的作用。

（本文原载《文史知识》2016 年第 11 期）

"五凉文化"孕育下的敦煌学

　　古代敦煌被称为"华戎所交一都会",是中西文化交流的"咽喉"之地。从敦煌的历史可知,敦煌文化并不是西来的,而是在河西尤其是"五凉"文化的基础上,吸收了东西不同文化而形成的一种新的文化。在历史的长河中,敦煌始终以中华传统文化为根基,并不断吸纳、接受其他地域和民族的文明成果。

一

　　在魏晋南北朝民族矛盾、阶级矛盾尖锐的时期,河西地区由于偏处西北,远离中原,因而避免了"八王之乱""永嘉之乱"等灾难,保持了境内长期安定的环境。从而使大量避难百姓流亡到此,如东汉初,孔奋因天下扰乱,想找一个安定富庶的地方侍奉老母,遂选中了"独安"的河西;窦融则认为河西富庶,地势险要,是乱世"自守""遗种"之地,便选中了河西。东汉王朝建立后，光武帝刘秀对据有"河西完富，地接陇蜀"的窦融也很重视，特"授融为凉州牧"。自此，窦融及所控制的河西地区遂归附了东汉。

西晋末年，北方大乱，各民族统治者相继建立了自己的政权，敦煌先后归属前凉张氏（313—376）、前秦苻氏（376—387）、后凉吕氏（387—400）、西凉李氏（400—420）和北凉沮渠氏（421—442）等五个政权。

前凉政权占据敦煌后，出于经营西域的需要，张骏于公元345年将敦煌、晋昌、高昌等三郡，西域都护、戊己校尉、玉门大护军等三营合并为沙州，州治设在敦煌，任命杨宣为沙州刺史。前秦时期，为经营西域，便于382年派吕光进军龟兹。为了巩固后方基地敦煌，苻坚于385年将江汉、中原百姓1.7万余户迁到敦煌。同年，吕光率兵返回河西，随后建立了后凉。当395年后凉发生内乱时，武威、张掖等地的数千户百姓也逃到了敦煌和晋昌。

公元400年，李暠在敦煌自称冠军大将军、沙州刺史，建立了西凉，敦煌第一次成了割据政权的政治中心。公元405年，李暠为了全力对付东方的强敌北凉，决定迁都酒泉。与此同时，李暠还将苻坚时从江汉、中原迁来的民户，后凉内乱时从武威、张掖逃来的民户，都从敦煌迁到了酒泉。421年，北凉沮渠蒙逊灭西凉。439年，北魏拓跋焘攻克北凉都城姑臧（武威），北凉灭亡。西凉李暠的孙子李宝便趁机返回，并派其弟李怀达为使向北魏投降。北魏就任命李怀达为敦煌太守，封李宝为镇西大将军，领护西戎校尉、沙州牧、敦煌公。444年，李宝被北魏召往都城平城（今山西大同），北魏直接控制了河西。

北魏控制河西后，仍将敦煌作为经营西域的基地，并逐渐攻破了鄯善、焉耆和龟兹，使西域的大部分都为北魏所控制，丝绸之路再次打通，西域商人纷纷前来贸易。但好景不长，因此时柔然已日益强大，并与北魏争夺西域与河西。当柔然占领西域的一些地区后，敦煌便成了前沿阵地。对此，北魏政府中的一些官员于474年便动议放弃敦煌，把边界后撤到凉州。给事中韩秀坚持保卫敦煌，否则不但凉州难以设防，就是关中恐怕也不得安宁了。韩秀的意见得到魏孝文帝的支持，敦煌不仅得以保全，而且还加强了敦煌镇的守备。

公元524年，孝明帝下令改镇为州，敦煌被改为瓜州。公元534年北魏分裂为东、西魏后，河西属西魏管辖。北周取代西魏后，继续在敦煌设置瓜州。尤其是建平公于义任瓜州刺史时（约565—576），十分崇信佛教，开展了修窟造像的活动。正如武周圣历碑所记"复有刺史建平公、东阳王等各修一大窟……乐僔、法良发其宗，建平、东阳弘其迹"。也正是在东阳王、建平公等敦煌地方长官的带动下，莫高窟的开窟造像之风才兴盛起来。

整个十六国时代，当北方处于混乱状态下时，地处西北边陲的河西则"秩序安定，经济丰饶，既为中州人士避难之地，复是流民移徙之区，百余年间纷争扰攘固所不免，但较之河北、山东屡经大乱者，略胜一筹"（陈寅恪《隋唐制度渊源略论稿》，上海古籍出版社1982年，第26页）。因此，"中州避难来者日月相继"。永嘉之乱时，京城士大夫认识到"天下方乱，避难之国唯凉土耳"。建兴之乱后，晋王司马保败亡，"其众散奔凉州者万余人"。

正是由于汉魏时期河西的政治相对稳定，从而保证了经济的繁荣，创造了学术文化发展和繁荣的基本条件和土壤。

大量士庶避居河西，使河西的文人学士大为增加，并对保留中原先进文化及推动河西文化的发展，产生了积极的影响。正如胡三省所说："永嘉之乱，中州之人士避地河西，张氏礼而用之，子孙相承，衣冠不坠，故凉州号为多士。"中原文人学士涌入河西，只是河西"多士"的一个原因。另外，随着汉代对河西的经营，河西地区尤其是凉州，文化有了较大发展，涌现了大量的文人学士。当安定世族张轨出牧凉州后，他采取保境安民、兴办文教、选拔人才的各种政策，为河西的地主阶级创造了保存和发展自己家族和家学的有利条件，从而吸引了不少中州人士流向河西，这就给本来"多士"的凉州，扩大了"士"的范围。（参阅武守志《五凉时期的河西儒学》，载《西北史地》1987年第2期）

中国古代的学术传承，主要是家学和师承。河西的文人学士，多出西州大姓，如安定张氏、陇西李氏、略阳郭氏、西平田氏、金城宗氏以及敦煌宋、阴、索、氾等。当中原动荡时，西州大姓在相对安定的河西一隅，"专心经籍"，致力学术，既可以发展本地的学术文化，又能保存、继承固有的传统文化，正如陈寅恪所说："刘（渊）石（勒）纷乱之时，中原之地悉为战区，独河西一隅自前凉张氏以后尚称治安，故其本土世家之学术既可以保存，外来避乱之儒英亦得就之传授，历时既久，其文化学术遂渐具地域性质。"（陈寅恪《隋唐制度渊源略论稿》，第19页）正是由于这个原因，再加上五凉统治者大都重视学术文化，遂使河西地区的文化事业在两汉以来的基础上得到了迅速发展，出现了繁荣兴盛的局面，并一跃而为北方文化中心。

二

河西地区具有典型性、代表性，并在文化、教育上有重大影响的文士学人，差不多都出自敦煌。敦煌儒士在河西儒学中的地位和作用，揭示了敦煌文化的历史高度。陈垣曾经指出："自汉以来，敦煌文化极盛，其地为西域与京洛出入必经之孔道，实中西文化交流之枢纽。"（陈垣《跋西凉户籍残卷》，载《北京师范大学学报》1963年第2期）可以说，没有汉魏以来敦煌文化的发展，便不可能孕育出像刘昞这样的儒学大师。而一些退隐或隐居的知识分子能够离开中原地区的物质文明，来到河西各地，固然有当时政治上的原因，但也说明当时的河西已具有了他们从事著述和讲学的物质条件。这些都说明，汉晋文化传统在河西已打下了坚实而深厚的基础，五凉文化不仅继承了汉晋文化传统，并在此基础上不断发展，渐趋成熟。敦煌佛教艺术，正是在这种历史、文化基础上产生和发展的。

佛教是一个世界性的宗教，莫高窟就是在佛教东传过程中产生的，并将内容丰富的佛教文化完整地保存下来。十六国时期，当社会动荡时，佛教却得到了迅速的发展。尤其是河西地区，佛教更为流行，并对南北朝佛教的广泛传播起了桥梁作用。正如《魏书·释老志》所说："凉州自张轨后，世信佛教。敦煌地接西域，道俗交得其旧式，村坞相属，多有塔寺。太延中，凉州平，徙其国人于京邑，沙门佛事皆俱东，象教弥增矣。"

河西地区佛教的兴盛，首先表现在译经方面。早在西晋时期，河西地区的佛经翻译就很负盛名，如竺法护世居敦煌，并组织了自己的译场，号称敦煌菩萨。据记载，太康五年（284），罽宾文士竺侯征若携《修行道地经》至敦煌，月支竺法护"究天竺语，又畅晋言，于此相值，共演之。其笔受者，菩萨弟子法乘、月支法宝"。"太康五年十月十四日，菩萨沙门法护于敦煌从龟兹副使羌子侯得此梵书《不退转法轮经》，口敷晋言，授沙门法乘使流布，一切咸悉闻知"。（《出三藏记集》卷七《阿维越致遮经第十四》，中华书局 1995 年，第 274 页）

昙无谶也是一个有名的翻译家。他曾由中印度去罽宾，辗转龟兹、鄯善到敦煌。北凉攻灭西凉后，昙无谶来到姑臧，沮渠蒙逊对他"接待甚厚"。昙无谶在敦煌时就熟悉了汉语，在姑臧又积极学习。在进行了充分的准备后，就开始了译经工作。在译经过程中，有道俗数百人参加，遇到的许多疑难问题，独有谶"临机释滞，清辩若流"。再加上他的文字修养很好，故翻译工作完成得十分出色。

河西地区佛教活动的兴盛，还表现在开窟建寺的活动十分活跃。河西地区现存的石窟寺之多，在全国是少有的。这些石窟寺虽没有兴盛于汉魏，但若追溯其建窟渊源，则大都产生于十六国时期。唐道宣在谈到凉州石窟开凿时说："凉州石崖瑞相者，昔沮渠蒙逊以晋安帝隆安元年，据有凉土……于州南百里，连崖绵亘，东西不测，就而斫窟，安设尊仪，或石或塑，千变万化，有礼敬者，惊眩心目。"尤其是著名的敦煌莫高窟，也是在十六国时期开寺建窟的："莫高窟者，厥初秦建元二年，有沙门乐僔，戒行清虚，执心恬静，尝杖锡林野，行止此山，忽见金光，状有千佛，遂架空凿岩，造窟一龛。"从早期佛教在敦煌传播的历史看，僧人崇尚开寺建窟，静坐修禅，因此选择了鸣沙山下这片流水潺洄、草木葱郁的沙漠绿洲。由于它既远离闹市，又能得到人间烟火的供应，在这里凿窟修禅，的确是很理想的。

由以上讨论可知，包括莫高窟在内的河西各石窟，都是随着佛教的东传而建造的，可以说其主题就是佛教艺术。作为敦煌学主要研究对象的敦煌石窟，自然也以宣传佛教为主，但也有许多非佛教的因素，如反映民众的生产生活、民族关系、中外文化交流等方面的内容。这些画面或内容，正是以"五凉文化"为基础的中国传统文化的反映。由此可知，敦煌佛教艺术，是中国固有的民族传统文化受外来宗教刺激下出现的新形态。因此，敦煌艺术的特点，就在于其地理条件的特殊，使它具有一些个性鲜明的差异，从而显示了我国民族传统文化的生命力和创造力。

三

敦煌学的另一主体是敦煌文献，敦煌文献虽然以佛教文献为主，约占百分之九十以上，但也有一些世俗文献，反映了中国传统文化在敦煌的传播。

敦煌文献中，就有一些五凉时期的社会经济材料，从一个侧面反映了五凉时期河西，尤其是敦煌的社会生活。如西凉建都于敦煌，敦煌文献 S.0113 号《西凉敦煌郡敦煌县西宕乡高昌里建初十二年（416）正月籍》，就是西凉政权在敦煌所实施经济政策和制度的反映，它虽然只保留了兵裴晟、散阴怀、兵裴保、散吕沽石、兵吕德年、大府吏隋嵩、散隋杨、散唐黄等八户的户籍，但从这八户户主前的称谓可知，当时西凉将民户分为兵、散、大府吏等类，同时还将每户的人口按年龄性别区分为丁男、次男、小男、女几种，反映了当时敦煌的地域和时代特色，这对于我们了解西凉政权的统治政策有很大的帮助。

另外，本件文书也是目前所知唯一的一件十六国时代的户籍写本，如果将其与同时期中原的赋役政策进行比较，可知它基本上是西晋户调式的延续，但在丁、次的年龄上又与《晋书·食货志》

所记载的标准略有不同，即成丁年龄略大一些。这既反映了敦煌的地域特色，即与当时敦煌社会稳定、人口较多有关，又与中原王朝的政策有一定的关联，说明中华文化与政策有一定的普遍性。

北魏孝明帝时将敦煌改为瓜州。北魏分裂后，河西属西魏管辖。敦煌文献 S.0613 号《西魏大统十三年（547）瓜州效谷郡计帐》，就是西魏统治敦煌时期的计帐资料，它对当时敦煌所实施的受田标准、丁中年限、赋税数额等都有比较详细的记载，如田制就有应受田、已受田、未受田、足、未足、麻田、园、课田、不课田等；丁户有老、丁、女、贱、婢等；纳税量词有石、升、斗、斤、两、匹、丈、尺、围等，比较清晰地反映了当时敦煌的人口、土地、赋税等情况，对了解敦煌乃至河西的地域经济有很大的作用。同时，本件还是目前所知反映北朝均田赋役制度的唯一出土文书，而历史文献中对北朝实施均田制的记载比较简略，许多具体的细节无法获知，通过对本件文书的研究，可以从一个侧面了解北朝田制及赋税制度的相关情况，解决一些长期悬而未解的问题。

这些当时、当地的留存文献，既是研究河西地域经济和文化的重要材料，又可以与史籍文献的记载进行对比分析，探讨全国政策的一致性。

另如敦煌文献中的儒家典籍就有九类近 40 种，通过对这些儒家典籍的分析、探讨可知，敦煌文献中的儒家典籍，既反映了南朝的主流文化，又反映了隋唐的主流文化。自东晋南渡以后，北朝都是少数民族建立的政权，南朝自认是华夏文化的正统。所谓南朝文化，就是代表当时中国的主流文化。"敦煌文化远与南朝主流文化衔接，近与隋唐主流文化接轨，既代表华夏文明，也反映了隋唐主流文化的'南朝化'"。（王素《敦煌儒典与隋唐主流文化——兼谈南朝主流文化的"南朝化"问题》，《故宫博物院院刊》2005 年第 1 期）由此可知，敦煌文化并没有因地处西北边陲而与中华主流文化隔离。

就是以宣扬、讲解佛教图像为主的变文，也可能是中国传统文化的产物。因为西晋郭璞在注释司马相如《天子游猎赋》中的"蹙蛩蛩，辚距虚"时，已经使用了"变文"这一词语，即"距虚即蛩蛩，变文互言耳"（《汉书·司马相如传》）。郭璞所说的"变文"，是儒家注经时常用的方法之一，即用通俗的词语来解释难懂的词语。另外，《毛诗注疏》曰："鱼潜在渊，或在于渚。《传》：良鱼在渊，小鱼在渚。《笺》云：此言鱼之性寒则逃于渊，温则见于渚，喻贤者世乱则隐，治平则出，在世君也。《正义》曰：毛以潜渊喻隐者，不云大鱼而云良鱼，以其喻善人，故变文称良也。"李小荣先生认为，孔颖达在《正义》中指出毛亨传《诗》时，用"良鱼"替换"大鱼"，与郭璞"变文互言"的含义是一样的。（参阅李小荣《敦煌变文》，甘肃教育出版社 2013 年）

正是因为"变文"这一注经的语言形式早就出现了，可能影响到了汉魏六朝的杂赋，并转变为一种文学的形式。我们知道，中国雅文学的传统是汉赋、唐诗、宋词、元曲、明清小说，如果说变文的写作形式与赋有一定的关联，那出现的时间就比较早了。

程毅中先生在 1961 年初完成的《关于变文的几点探索》一文，认为"变文"不一定就是受佛教影响而产生，可能也存在着中国传统源头，即受到古代的赋，尤其是杂赋的影响。"变文这种文学形式，主要是由汉语特点所规定的四六文和七言诗所构成的"，"变文作为一种说唱文学，远可以从古代的赋找到来源"。认为敦煌写本《韩朋赋》《燕子赋》等"在演述故事上和变文是相同的，只是在形式上还保存着杂赋的格局"。如《燕子赋》"实际上就是一首五言诗"，《舜子至孝变文》"就是以六言为主的赋体"，《伍子胥变文》"基本上是四六文，中间又插入几首歌词"。通过对变文体裁和内容的分析可知，"变文是在我国民族固有的赋和诗歌骈文的基础上演进而来的"。它"既有悠久深厚的历史基础，又有丰富多样的变化形式"。

以上我们从五凉文化的角度探讨了敦煌学产生的基础与背景，而敦煌学研究的对象是敦煌文献、敦煌石窟、敦煌史地和敦煌学理论。除了敦煌学理论是敦煌学产生后不断发展、完善外，五凉历史文化是敦煌学产生的基础。正如赵俪生先生所说："欲究敦煌之学，须先明敦煌之学之背景与基础，即所谓'河西之学'者是。所谓'河西之学'，包括四郡、五凉、三秦与一夏，而以'五凉'为最根本。"（参阅赵俪生《张澍的生平及其著述——为敦煌学研究贡一脔》，《兰州大学学报》1980 年第 4 期）由于汉魏时期河西政治稳定、经济发展，才产生了光辉灿烂的"五凉文化"，正是在"五凉文化"的基础上，产生了敦煌石窟艺术。敦煌文献中的世俗文献，既有五凉时期统治敦煌所留存下来的《西凉敦煌郡敦煌县西宕乡高昌里建初十二年（416）正月籍》《西魏大统十三年（547）瓜州效谷郡计帐》等地域文献，也有反映中国传统文化的典制文献和儒家经典，说明地处西北边陲的敦煌，一直与中华主流文化有着密切的联系。

正由于敦煌处于丝绸之路的要冲，长期持续的多元文化的交融荟萃，吸纳了不同地区、不同国家的文明精华，从而丰富了中华文化的内涵，催生了敦煌莫高窟和丰富多彩的敦煌文化。在历史的长河中，敦煌始终以中华传统文化为根基，并不断吸纳、接受其他地域和民族的文明成果。也就是说，敦煌文化既传承着中华传统文化的精华，同时还吸收了古代印度文明、波斯文明、希腊文明的优秀成果，从而成为举世瞩目、特色鲜明的地域文化。

敦煌学何以成为国际显学

敦煌学是目前世界上唯一以地名学的国际显学。今天,敦煌只是西北偏远地区的一个县级市,既不能与北京、上海、广州等国内大城市相比,更不能与伦敦、巴黎、东京等国际都市相提并论。但是,世界上并没有伦敦学、巴黎学、北京学、广州学等。为什么敦煌如此特殊,能形成一门以地名而命名的学科,而且成为世界关注、举世闻名的学科?

一、敦煌具有特殊地位

敦煌之所以引人关注,是由其地位决定的。今天,如果没有敦煌石窟,国际组织和普通百姓是很难知道它的;如果没有敦煌学,世界的学者也难以对敦煌有多少了解。这从敦煌周边市县的命运就可以得到印证。

敦煌的地理位置决定了其特殊的历史地位。汉唐时期,敦煌是丝绸之路的"咽喉"之地，而丝绸之路又是古代很长时间内中国对外交往的主要道路。

在汉唐时期的千余年里，中国的经济重心在北方，政治重心则在西北，对外交往的通道主要就是西边的丝绸之路。汉武帝时期，霍去病打败匈奴，派张骞出使西域的前后，就在今天的甘肃河西走廊实行与内地一样的郡县制度，设置了武威、张掖、酒泉和敦煌，这就是有名的"河西四郡"。当时的敦煌郡，共统辖六个县，即敦煌、冥安、效谷、渊泉、广至与龙勒。包括今敦煌市、瓜州县、玉门市的全部和阿克塞哈萨克族自治县、肃北蒙古族自治县的部分地区，面积约八九万平方公里。

在设置郡县的同时，为了防御匈奴侵扰，保证这个地区的安全，维护"丝绸之路"的畅通，汉王朝就从今兰州以西的永登到新疆罗布泊（又称蒲昌海）的漫长道路上，修筑了安全防御线——长城。

长城在汉代又称为"塞"，由每隔五公里左右的城堡连着。城堡设有发放警报的"烽火台"，称为"亭"或"燧"，这些城堡按其大小，派驻几十名到一二百名戍卒，由"候长""燧长"管理。隔若干个"燧"有一个较大的城，叫作"障"，由"候官"统率。所以，"烽燧亭障"往往连用，代表着长城的防御工事。

不论丝绸之路分为几条道路，或作为网络状不断变化，如从长安到敦煌可以有好几条道路，从敦煌进入西域后也有北道、中道和南道等，敦煌都是唯一不变的吐纳口，故而成为东西方文明交汇的枢纽。

正因为敦煌是丝绸之路的"咽喉"、中西交通的枢纽，所以汉王朝就在敦煌的西边设置了玉门关和阳关，控制着东来西往的商旅。丝绸之路从敦煌西出后的北、中、南三条道路都"发自敦煌"，然后经"西域门户"的伊吾、高昌（今吐鲁番）、鄯善而达中亚、欧洲，敦煌"是其咽喉之地"，这就清楚地说明了敦煌在中西交通中的重要地位和枢纽作用。

通过丝绸之路上的敦煌，来自异域的物种和文化传到了中国，如西方的葡萄、苜蓿、酒杯藤、胡桃（核桃）、胡麻、胡豆（蚕豆）、胡瓜（黄瓜）、石榴等物产，佛教、祆教、景教（基督教）、摩尼教等宗教，以及音乐、绘画、雕塑等艺术，都是随着"丝绸之路"的繁荣和畅通而传入中国的。中国的丝和丝织品、钢铁及其冶炼技术，以及精美的手工艺品如漆器、铜镜、陶器等，也经敦煌传入天山南北和中亚，并经中亚远播欧洲。后来，中国四大发明中的造纸法、印刷术、火药，也是经由这条道路传入西方的。

敦煌在丝绸之路和中西文化交流方面的特殊地位，赋予了敦煌以地名学的条件。

二、学术价值无可替代

敦煌特殊的地位决定了其在中国古代无法取代的价值，而能产生一门在世界上有广泛影响的敦煌学，则主要是缘于敦煌文献的发现。1900 年，莫高窟的守护者——道士王圆禄偶然发现了藏经洞，即莫高窟第 17 号窟，里面有中国中古时期的各类文献 6 万余卷。这些文献以佛教典籍为主，此外还有道教、景教和摩尼教典籍。除了宗教文献，还有政治、经济、军事、地理、社会、民族、语言、文学、美术、音乐、舞蹈、天文、历法、数学、医学、体育等诸多方面的资料。

　　敦煌文献有着不可替代的学术价值，这是因为中国的传统是当代人基本上不修当代史，多是后代修前代的历史。当后世修前代历史时，所利用的主要是前代留存下来的官方实录等各种档案文献，史家对这些档案文献进行提炼、考释，并根据官方的意识和史家个人的史德、史识进行取舍和分析。犹如今天学者们写论文或专著，收集到的各种史料可能很多，但真正用在论著中的材料并不多，可能只有很少的一部分。经过历史的长河，古代的史书如"二十四史"、《资治通鉴》、《通典》等保存下来了，但原始的档案都未能留存。而修史者由于各自的史识、史才、史德的不同，再加上所处的位置及政治倾向、统治者意识形态的限制，还有史书的体裁、体例和字数的局限等，可能大部分是提纲挈领的记述。如魏晋隋唐时期的均田制，在《旧唐书》《新唐书》《资治通鉴》和《通典》等书中，都是简略的提纲，缺少具体的内容，从而使史学界怀疑均田制是否实行。敦煌吐鲁番所发现的文献，就是未经后世加工改造的原始档案，其中就有许多关于实行均田制的具体细节，如授田、退田、欠田、给田等内容，退田中就包

敦煌文物研究所早期出版物

括老退、剩退、婚退、死退等。通过对这些文书的解读研究，我们知道均田制确实实行了。至于授田的数量与均田令的规定不一致，一方面是不同时代、不同地域的情况不同，另一方面是制度规定与实际执行的问题，即令文的规定是最高的限额，不是一定要达到的数额。

由于敦煌文书包含的范围非常广泛，可以说应有尽有，所以被称为"学术的海洋"，中国中古时期的"百科全书"。

敦煌文书虽然是在敦煌发现的，也主要是敦煌的地域文献，但它绝对不仅仅是敦煌的地方文献，而是全国的文献，要跳出敦煌，放眼全国。如敦煌文书既有在敦煌抄写的，也有在长安、洛阳，乃至南方抄写后传入敦煌的。就是在敦煌抄写的文献，也不都是反映敦煌当地的历史文化，而是反映全国的。此外，还有中国以外的文献，如梵文、粟特文、叙利亚文、希伯来文等，反映了中国以外的历史文化，是了解、研究世界历史文化的绝好材料。

三、石窟艺术多姿多彩

敦煌学之所以能形成一门以地名学的国际显学，除了特殊的地理位置和"百科全书"式的文献外，还有一个重要的内容，即敦煌的石窟。这又是西夏学、徽学、吐鲁番学等无法可比的。

莫高窟位于敦煌市东南25公里的鸣沙山东麓，从公元4世纪开始直到14世纪，人们在这里连续开窟造像，形成了南北长1700余米的石窟群。现在一般将莫高窟分为南北两区，共有洞窟735个。其中南区的492个洞窟是礼佛活动的场所，现存彩塑2000多身，壁画4.5万多平方米，唐宋时代的木构窟檐建筑5座；北区的243个洞窟，主要是僧侣修行、居住和瘗埋的场所，里面有修行和生活设施土炕、灶坑、烟道、壁龛、灯台等，但大多无彩塑和壁画遗存。

作为中国西部的边郡，敦煌能够产生如此宏伟的石窟艺术，绝不是偶然的，而是各种因素综合的结果。从汉代开始，尤其是魏晋时期中原文化在敦煌的积淀，中西文化交流趋于繁荣，作为丝路"咽喉"，敦煌最先接触到中亚、南亚、西亚及欧洲的文化艺术，使佛教艺术与文化在敦煌落地生根。

敦煌艺术是佛教艺术，而佛教艺术源于印度，并经中亚传入中国。所以，在敦煌石窟中必然会有许多印度、中亚艺术的痕迹。如莫高窟是建筑、壁画、雕塑结合的产物。仅就壁画的内容而言，它描绘了我国各民族、各阶层的活动，如生产劳动、风俗礼仪、帝王将相、贵族妇女、商旅往来、使者朝会、民族关系、音乐舞蹈、衣冠服饰、天文地理、医疗卫生，等等。因此，法国人将敦煌壁画称为"墙壁上的图书馆"。

敦煌石窟是佛教艺术的结晶，除了佛教这一主题，还有许多其他的内容，如敦煌壁画上发现的玻璃器皿，表现了萨珊波斯的艺术风格，由此可以探讨西亚地区玻璃器皿的制造工艺。

虽然敦煌是中外文化交流的结晶，佛教艺术的源头也在印度，但敦煌文化却有独特的地位。莫高窟的创始者乐僔是敦煌本地人，法良也是"从东届此"。这就说明，敦煌艺术并不是西来的，而是中华民族固有文化的反映，是中华民族优秀传统文化的重要组成部分。

（本文原载《中国社会科学报》2019 年 12 月 13 日）

千古之谜谁解说?

——敦煌藏经洞封闭时间及原因讨论综述

敦煌藏经洞,即莫高窟第 17 窟。由于在该窟发现了约 6 万卷文献而得名,并震动世界。然而藏经洞的情况如何?其封闭于何时?原因何在?百年来中外学者进行了许多有益的探讨,可谓仁者见仁,智者见智。

一、藏经洞原为洪𫐐影窟

洪𫐐(音辩)其人,正史中少有记载。根据 P.4640《吴僧统碑》、P.2913《大唐敦煌译经三藏吴和尚邈真赞》和敦煌研究院藏《唐敕河西都僧统洪𫐐告身碑》及其他有关资料,可略知其生平。

洪𫐐,俗姓吴,即吴和尚、吴僧统。祖籍不详,但并非敦煌旧族。其父吴绪芝,曾任建康军使,后戍军甘、肃两州之间。吐蕃占领

洪晉告身碑

凉州后,河西节度使杨休明移镇沙州,并于唐代宗大历元年(766)发建康军戍镇沙州。吴绪芝及其子也随军移驻敦煌。

洪䛒"童子出家",以"约法化人,盛于佛事"。由于其悉心研读汉经梵典,兼习番文藏语,成为出色的译经僧,故在吐蕃占领沙州后,就被吐蕃赞普委任为"知释门都法律兼摄行教授"十数年,后又"迁知释门教授",主持译场寺院中贵族子弟学校的文化教育及其他宗教事务工作。

洪䛒虽"栖心释氏",但终不负父辈之重望,积极参加敦煌人民的抗蕃斗争。张议潮大中起事后,即遣弟子悟真随议潮所派入朝使同赴长安。唐宣宗赞其"惟孝与忠,斯谓兼美",于大中五年(851)敕授洪䛒为"京城内外临坛供奉大德"及"河西释门都僧统知沙州僧政法律三学教主",赐紫衣及各色信物,并亲示诏书,勉辞委婉、问慰"夏热",恩宠殊异。

唐懿宗咸通三年(862),洪䛒"掷钵腾飞",逝于沙州。洪䛒去世后,其下属僧徒或吴姓本家,改寺庙"廪室"(存放粮食的地方)为影堂(洪䛒的纪念室)。这个影堂就是敦煌研究院今编第17窟,即藏经洞。

藏经洞是凿丁第16窟甬道北壁上的一个小窟。它面积不大,窟内地面近于方形,地面四边的长度是:东壁2.75米,北壁2.84米,西壁2.65米,南壁2.83米。由于四壁向窟内略倾,故四壁顶部的长度较地面处为短:东壁2.49米,北壁2.55米,西壁2.57米,南壁2.46米。各壁的高度也略有参差。窟内除去低坛占去的

藏经洞内的洪䛒像和洪䛒告身碑

空间不计外，它可利用的空间只有 19 立方米略多一点。

藏经洞原为洪䛒的纪念室，自然有一番布置。首先是塑了一尊洪䛒的真容，然后在北壁中部画有两棵枝叶交接的菩提树。东侧树枝上悬挂一个净水瓶，西侧树枝上挂着一个挎带。树东侧画比丘尼一身，着袈裟，双手捧持绘有对凤图案的团扇一柄。树西侧画执杖的侍女。壁画中的物品和人物，与僧人生活和供奉僧人有关。

西壁壁龛内，嵌有石碑一通，即洪䛒告身敕牒碑。1900 年发现藏经洞时，此碑即在窟内，斯坦因、伯希和劫经时碑尚立于该

窟，后被王道士移至第 16 窟甬道南壁。1964 年，敦煌文物研究
所复将此碑移入藏经洞，嵌于壁龛原处。碑高 1.5 米，宽 0.7 米。
碑文三段，从上而下是：洪辩告身、敕牒诏书、敕赐衣物录本。

藏经洞塑洪辩像，画着有关他的生活场面壁画，文前特别注
明："当家告身依本镌石"和"诏书本"，就在于显示唐王朝对
洪辩的器重和褒奖，"庶使万岁千秋不朽不坏"，以作永久性纪念。

二、藏经洞封闭之谜

洪辩的影窟为什么变成了藏经洞，它是何时封闭的，其原因
何在？由于没有发现可信的文字记载，它的封闭时间及原因，就
成了一桩历史公案。中外学者根据各种旁证材料，提出了许多假

1965年搬进洪辩像前的藏经洞内景

说，试图解开这一千古之谜。现将争论情况介绍如下：

1. 避难说

第一，宋初避西夏之乱说。

最早论及藏经洞封闭时间及原因者，是法国人伯希和。他在《敦煌石室访书记》（汉译文载1935年《北平图书馆馆刊》第9卷第5号）中说：藏经洞中的"卷本所题年号，其最后者为宋初太平兴国（976年至983年）及至道（995年至997年），且全洞卷本，无一作西夏字者。是洞之封闭，必在11世纪之前半期，盖无可疑。以意度之，殆即1035年西夏侵占西陲时也。洞中藏弆，至为凌乱，藏文卷本、汉文卷本、绢本画幅、缯画壁衣、铜制佛像及唐大中刻之丰碑，均杂沓堆置，由是可见藏置时必畏外寇侵掠而仓皇出此"。此后，我国学者罗振玉、姜亮夫等皆持此说。

1980年，阎文儒发表了《莫高窟的创建与藏经洞的开凿及其封闭》（《文物》1980年第6期）一文，更全面地阐述了这一论点。认为藏经洞的封闭年代，应注意到统治敦煌的民族和洞内的藏经。敦煌曾受到非汉族的统治多年，在洞内仍然保存着吐蕃人应用的藏文经，但另一少数民族西夏同样也统治了这一地区相当长的时期，这个民族是有自己文字的，而且也信奉佛教，但洞中却看不到西夏文字的经卷。这是因为1035年西夏占领瓜、沙时，藏经洞已被封闭了。

公元1035年，即宋仁宗景祐二年，亦即西夏入侵敦煌时，当地的人们可能不知道这个民族也信仰佛教，仓促之间，将各寺

从16号窟里面看到的藏经洞门口

的写经都集中起来，收藏在洪䛐的影堂内，并且将窟门封闭，重绘了 16 号窟壁画。据敦煌文物研究所对西夏洞窟的调查与排年，16 号窟应该属于西夏早期的创作。因此，人们只能认为藏经洞是为避乱而封闭的。同时，按人情事理来推论，这种封闭一定是由于一个大的政治变乱而引起，而这个变乱，根据敦煌历史，最大的应是西夏占据瓜、沙、肃诸州，故藏经洞也封闭于此时，即 1035 年。

对于西夏侵扰说，马世长提出了不同意见。他在《关于敦煌藏经洞的几个问题》（《文物》1978 年第 12 期）一文中认为，伯希和的西夏侵扰说，其理由之一是藏经洞中的遗书纪年最晚是太平兴国和至道。其实并非如此，现在已发现了 1002 年的卷子，可能还有更晚者。伯希和的另一理由是藏经洞中未发现西夏文写本。这虽然是事实，然而据此一点，即肯定藏经洞在 1035 年前封闭，则未必妥当。西夏未创文字之前，使用汉文和藏文。西夏文字之创，在李元昊大庆元年（1036）。一种文字，从初创到比较广泛地流行使用，必须经过一段相当长的时间。况且敦煌地区主要是汉族，以往一向使用汉文，因而敦煌地区西夏文的流行，则应当更晚一些。从莫高窟、榆林窟西夏文题记可知，西夏占有瓜、沙地区之后的二三十年内，西夏文在这一地区还没有流行起来，所以西夏侵扰说是值得商榷的。

第二，避黑韩王朝说。

荣新江《敦煌藏经洞的性质及其封闭原因》（《敦煌吐鲁番

研究》第 2 卷，北京大学出版社 1997 年）一文，通过对国内外所藏敦煌文书、绢画的考察，认为"最有可能促成藏经洞封闭的事件，是 1006 年于阗国灭于黑韩王朝一事"。

众所周知，俄藏 Φ32A 记有"施主敦煌王曹宗寿与济北郡夫人汜氏，同发信心，命当府匠人，编造帙子及添写卷轴，入报恩寺藏讫。维大宋咸平五年壬寅岁五月十五日记"。咸平五年（1002）的这篇施入记是目前所知最晚的一件藏经洞出土文书，此前的纪年写本大体上持续不断，而此后有年代的写本迄今尚未发现（某些被认为是藏经洞出土的晚于 1002 年的材料，大多可以指出它们的其他来源或误解之处）。从现存写本年代的累计，可知藏经洞的封闭应在 1002 年以后不久，不应晚到伯希和提出的 1035 年西夏的到来。

从 1002 年往后，西北地区最重要的历史事件，首先就是 1006 年于阗佛教王国灭于信奉伊斯兰教的黑韩王朝。因为于阗与沙州的姻亲关系，970 年于阗国王曾致函其舅归义军节度使曹元忠，请求发兵援助抵抗黑韩王朝。当于阗陷没后，大批于阗人东逃沙州。于阗僧人所带来的伊斯兰教东进的消息，要比信佛的西夏人到来的消息可怕得多，因为黑韩王朝是经过近 40 年的血战才攻下于阗的，他们对于阗佛教毁灭性的打击，应当是促使三界寺将所得经卷、绢画等神圣的物品封存洞中的直接原因。而由于黑韩王朝并未马上东进，所以，封存活动是主动而有秩序地进行的，并且在封存好的门前用壁画做必要的掩饰，以致当事者离开人世后被人们长期遗忘。

2. 废弃说

在《西域考古图记》一书中，斯坦因根据他在洞中所藏一些包裹皮中发现的一批相当数量的汉文碎纸块，以及包皮、丝织品做的还愿物、绢画残片、画幡木网架等，认为这些东西是从敦煌各寺院中收集来的神圣的废弃物，藏经洞就是堆放它们的处所。这一看法，实际上就是今天我们所说的"废弃说"。斯坦因还根据其所见写本和绢画题记最晚者为 10 世纪末的情况，推测洞窟的封闭是在 11 世纪初叶。"废弃说"的代表人物是方广锠，他在《敦煌遗书中的佛教著作》（《文史知识》1988 年第 10 期）一文中，认为"避难说"实难自圆其说。提出"废弃说"的理由是：

第一，中国人一直有敬惜字纸的传统。在古代，纸张比较珍贵，对地处西陲的敦煌来说更是如此。据敦煌遗书中的抄经记录记载，当抄经时，每人所领纸张均要记账，如果抄错，必须凭废纸换好纸。废纸并不抛弃，而是留待他用。第二，佛经经过长期使用之后，难免会破损，但对这种不堪再使用下去的经典是不允许抛弃的，而是另行收藏。第三，从现存遗书可以知道，敦煌寺庙经常清点寺内的佛典及各类藏书，查看有无借出而没有归还的，或有无残破而不堪使用的。第四，宋代，四川的刻本经典传到敦煌，朝廷又颁赐了金银字藏，敦煌的经典大为丰富。大概在曹宗寿当政时期，敦煌进行了一次比较彻底的大规模的寺藏图书清点活动，将清理出来的一大批无用的另部残卷和各种无用的文书与废纸，挑选了一个不太重要的洞窟，统统封存进去，然后在外面重新画上壁画。由于是一堆无用的东西，自然不会有人把它们放在心上，年深日久，也就被遗忘了。

方广锠认为，晚唐五代以来，敦煌地区一直自己造纸。经典来源的充裕产生了淘汰残旧经卷的需要。于是，非常可能的情况是，在曹氏政权的某一年，敦煌进行了一次寺院藏书大清点。清点后，将一大批残破无用的经卷等集中起来，封存到第17窟中。"至于洞外抹的墙泥、绘的壁画，也许与这一封存活动直接有关，也许与这封存活动并无直接关系，而是其后若干年的另一次宗教活动的结果"（方广锠《敦煌藏经洞封闭原因之我见》，载《中国社会科学》1991年第5期）。

关于洞窟封闭的时间，方广锠仍然从废弃说的前提出发，指出"就现有材料而言，把藏经洞的封闭年代暂且定在曹宗寿统治时期（1002—1014）是适宜的"。因为既然是废弃，所藏的自然都是一些已经无用的东西。而在现实生活中还有用的东西，当然不会抛弃。这样，藏经洞封闭之前，即1002年后的文献出现的机率就非常小了。（方广锠《敦煌藏经洞封闭年代之我见——兼论"敦煌文献"与"藏经洞文献"之界定》，载饶宗颐主编《敦煌文薮（下）》，新文丰出版公司1999年）

对于"废弃说"，施萍婷提出了不同看法，她说："有的学者认为，藏经洞内存放的那么多的古写本是'废纸'，本人不敢苟同。"并以道真在三界寺的写经生涯为据，探讨了920年至

987 年间敦煌的写经活动，进而指出："藏经洞有年代题记的古写本，学术界目前公论的最晚为 1002 年，因而笔者认为，10 世纪末孜孜以求的佛经，11 世纪初叶绝对不会那么快就成为'废纸'。"（施萍婷《三界寺·道真·敦煌藏经》，载《1990 年敦煌学国际研讨会文集·石窟考古编》，辽宁美术出版社 1995 年）

3. 排蕃思想说

上山大峻在《敦煌遗书的吐蕃特色与藏经洞封闭之谜》（《戒幢佛学》第 2 卷，岳麓书社 2002 年）中指出，藏经洞中有大量的吐蕃文献，尤其珍贵的是保存了吐蕃时期的佛教首领法成和昙旷的著作。归义军时期比较著名的三界寺、净土寺，是 840 年左右才出现在敦煌遗书中的，而吐蕃时期的永寿寺、永康寺却不见了，故而土肥义和认为，三界寺、净土寺乃是由永寿寺、永康寺改额而成。

藏经洞本属吴家窟，其窟主吴洪辩，从吐蕃统治到张氏归义军时期，一直是敦煌佛教界的突出领袖。而与吴法成、吴洪辩这两个在吐蕃时期很活跃的人物的相关资料，由永寿寺、永康寺保存，后又为三界寺、净土寺所继承，并被封入吴家窟的耳窟中。

在佛教寺院中，有存放旧经典及旧文书的"故经处"。从吐蕃统治结束的 848 年到藏经洞的封闭，大约有 160 年，在这期间，"三界寺、净土寺积累的东西也加入其中。大概当时出于某种原因，需要把这些东西移放到其他地方去，由于旧经典、旧文书中很多东西都与吐蕃有关系，所以就把吐蕃时期曾经很活跃的吴家家族的洞窟作为存放的地点了"。

当时就存在着将佛典及与寺院有关的文书当作"神圣的东西"来保留的风俗。西藏就有"伏藏"的风俗习惯,即将经典,乃至写了字的东西都全部郑重保存、崇拜的传统,正因为如此,有可能"继承了吴家传统(可能属于吐蕃系)的残余势力选中与吐蕃有关的吴家窟,(把敦煌遗书)作为重要的东西保存起来,犹如'伏藏'一样"。

4. 佛教供养法物说

文正义《敦煌藏经洞封闭原因新探》(《戒幢佛学》第2卷)指出,寺院的经卷分为供养经与流通经两部分,它们之间并没有截然的界限,因为抄经既可以供养于佛寺,也可以自己讽诵或施舍他人。寺院的藏经楼,就供养有佛像和法物,当流通经卷残阙破损后,是不能随意丢弃的,而是归入到供养经中。

敦煌藏经洞的供养经来自千家万户,又多出自社会下层民众,因此所藏就以常见经为主,而且墨色、字迹、格式也不一致。据不完全统计,藏经洞中的《妙法莲华经》就达3000多号,《金刚般若波罗蜜经》也有1600余号,这些都是供养经,而非流通经。至于洞中的佛像画幡法物,也与供养经的情形相同,都是官民僧俗所供养。

作者推测:"藏经洞里供养的经书及法物,原来是分存在各个寺院或属地。经过隋唐以来佛教的大发展,各处的存量都逐渐增多,恰又遇到了某种因缘,教团便决定集中到17窟。这是一种易地供养的处所，而不是寺院抛弃废物。藏经洞既属供养的性质，自然只取供养经的部分，包括寺院不堪使用的经书法物。至于寺院的流通经，不能也不会包括在内。所以，洞中既没有寺院典藏的大藏经，也未见道真所集的完具经书。"

作者认为，避难说和废弃说都各有先天不足，"惟有佛教法物供养说，才与事实相切，与佛经相符，与境界相宜。也只有这样的理解，才没有玷污莫高窟的形象，才称得上中华佛教之圣地"。

2002 年，荣新江发表了《再论敦煌藏经洞的宝藏——三界寺与藏经洞》（《敦煌佛教艺术文化国际学术研讨会论文集》，兰州大学出版社 2002 年），仍坚持"避难说"，但对于藏经洞文物的性质，提出是"三界寺供养具"。

5. 末法思想说

沙武田在《敦煌藏经洞封闭原因再探》（《中国史研究》2006 年第 3 期）一文中提出：莫高窟第 16 窟现存表层壁画的千佛变所反映的是末法思想。在佛教发展史上，流行将佛教分为正法、像法、末法三个时期。如北凉时期就有"正法五百年、像法一千年、末法一万年"的论断。隋代高僧吉藏、法琳都曾提出过"末法思想"，如法琳所著《破邪论》说："穆王五十二年壬申岁二月十五日平旦，暴风忽起，发损人舍，伤折树木，山川大地皆悉震动……当此之时，佛入涅槃也。"又记"依经律云，释迦正法千年，像法千年，末法万年"。周穆王五十二年即公元前 949 年，后有像法一千年，由是推知公元 1052 年末法来临。

1052年的"末法住世"思潮在辽朝有特别的反映。敦煌归义军曹氏政权与辽有交往，到了曹宗寿、曹贤顺初期，二地的关系更为密切，因此辽代的末法思潮便传到敦煌。此时，曹氏归义军已成了回鹘人的傀儡，沙州回鹘成了敦煌的主导力量，同时还面临着甘州回鹘的不断侵袭，而西夏人进攻的消息也不断传来。"在此情形下占据着敦煌佛教核心的传统世家大族集团，无疑在心理上产生了极大的不安，对敦煌现实和前途无望的忧虑最终变成了对佛教理想世界的担忧，于是末法思想的产生便顺理成章，这一点集中反映在莫高窟归义军晚期和回鹘洞窟营建的大大衰落，以及一些表现末法度人思想题材如千佛变的大量表现，还有洞窟中供养人画像的消失等诸多方面"。

另外，受辽人在塔中藏经作法的启示，敦煌人也"存经以备法灭"。藏经洞与佛教传统的"石室藏经"有关，即藏经洞宝物是佛教正常例行的"石室藏经"。佛教传统的一种做法是有专门的藏经之处，如寺院的藏经楼、藏经阁，石窟的藏经洞等，把经藏放置于一专设的地方，莫高窟藏经洞即为此做法。

至于选择洪䛒的影堂即"吴家窟"作为藏经洞，那是因为此时洪䛒的影响力已成了历史，吴姓家族在敦煌也没有多大的势力；此窟是僧人洞窟，不存在对信仰的冲击，也就没有思想负担。另外它还是洞中洞，具有很强的隐蔽性。藏经洞封闭的时间可能在曹贤顺初期（1014—1020）或稍后。

6. 经像瘗埋说

张先堂曾赞同"供养说"（《古代佛教法供养与敦煌莫高窟藏经》，载《敦煌研究》2010年第5期），后来又提出了"经像瘗埋说"。提出佛像瘗埋有两类：一类是散乱埋藏，一类是对佛像有计划的礼仪性埋藏。北宋时期佛像瘗埋达到了高潮，如山西南涅水、山东青州龙兴寺、河北曲阳修德寺、甘肃泾川大云寺等。"莫高窟藏经洞瘗埋经像的情形其实与黑水城河边大塔瘗埋西夏、元代佛像经典、唐卡等艺术品的情况十分类似"。"藏经洞封闭于北宋初年，这恰好是中原内地许多地方大规模瘗埋佛像之时，这也似乎暗示着它对内地当时佛教文化风潮的呼应关系"。

中国石窟自北朝时代已出现塔形窟，莫高窟从吐蕃以后就出现了窟塔垂直组合的石窟，"藏经洞所在的洞窟实际上具有塔的地宫的性质和意义"。在第16窟"建成的晚唐直到北宋时代，敦煌人们是把它视作楼阁型塔形建筑的，因此在洪䛒示寂后将其塑像安置于第17窟，其实具有将其安葬于地宫的象征意义。而后来又将总数6万余件的佛教经典和相关文书、近千件绢画有计划地、规整地安放其中，并予以封藏，其实也具有将其瘗埋于塔的地宫的象征意义"。并将经像瘗埋与佛教的供养相联系，认为经像瘗埋"是在佛教三宝供养，特别是法宝供养、佛宝供养思想指导下，在长期的历史过程中形成的佛教信徒对于残破的、过时的佛教经典、造像予以有计划地、礼仪性地收集瘗埋，从而达到长久住持供养的一种特殊的佛教仪轨制度和佛教历史的文化现象"。（张先堂《中国古代佛教三宝供养与"经像瘗埋"——兼谈敦煌莫高窟藏经洞的封闭原因》，载《敦煌写本研究年报》第10号第2分册）

从以上所述可知，对藏经洞封闭的看法，真是众说纷纭，莫衷一是。而要真正解决这一问题，还有待新材料的发现，或进一步挖掘旁证资料，并进行全方位的综合研究。

（本文原载《文史知识》1991年第7期，收入本书时略有增补修改）

敦煌宝藏是如何被盗的?

1900年敦煌藏经洞遗书发现后,很快就被英籍匈牙利人斯坦因、法国伯希和、日本人橘瑞超、俄国人鄂登堡等盗劫,造成了我国学术文化史上不可弥补的损失。

一

为什么敦煌遗书发现后即被大规模盗劫呢? 众所周知,自从1840年的鸦片战争后,由于帝国主义对中国的侵略,中国逐渐沦为半殖民地半封建社会。各帝国主义国家为了其既得利益或攫取更多的利益,纷纷在中国划分"势力范围"。除了沿海一带外,资源丰富、人口稀少的我国西北地区,便成了帝国主义争夺的焦点或核心。如俄国不但派兵于1871年强占了伊犁地区,而且为了把我国新疆地区从地理、文化上割裂出去,便称其为"东土耳其斯坦",妄图达到分裂中国、侵占我国新疆地区的罪恶企图。

这正如英国学者珍妮特·米斯基所说："俄国驻喀什噶尔总领事
（1882 年上任）名为彼得罗夫斯基，是个能干、傲慢、狡猾而精
于诱惑的家伙，任职的 21 年间对中国官员使尽了阴谋恐吓、威
胁利诱、收买强迫之伎俩。他的目的便是将新疆最西部的绿洲区
域由中国瓜分出去，使俄国得以控制通往印度后门的战略性山口。
英国希望通向山口的地区留在阿富汗的管辖之下。巴尔福曾经说
过：英帝国的防线，可以用一个词来概述，那就是阿富汗。"（［英］
珍妮特·米斯基著、田卫疆等译《斯坦因：考古与探险》，新疆
美术摄影出版社 1992 年，第 138 页。下引本书不再出注）

　　伴随着帝国主义的军事侵略，各国探险家、考察家也纷纷涌
入我国西北地区。他们的涌入，既有学术目的，也有政治和军事
目的，如俄国的普尔热瓦尔斯基就认为，考察中国的北部边疆不
仅有很大的科学价值，而且还可以搜集到当时中国正在爆发的回
民起义的"准确情报"。他第一次考察时，就"趁机细查了中国
军队的状况"，并进行了民族调查。回到俄国后，就向俄国总参
谋部递交了《关于中国现状》《关于回民起事的情报》等两份报
告，为沙俄侵略中国西北地区出谋划策。普尔热瓦尔斯基第二次
考察中国西北时，于 1876 年来到被俄军占领的伊犁地区旅行后，
感慨道："这样好的地方实在不应该交还（中国）。"另如，斯
坦因的考察，之所以得到英国和印度政府的支持，其原因之一，
是"因为测绘那一地区路径和地形的实际需要"。

　　正是由于中国的贫穷落后，西方列强才将中国视为可以任人

宰割的羔羊，认为中国的西北边疆是一片未开垦的处女地，可以随便去"探险""开垦"。因此，1899年10月在罗马举行的第十二届国际东方学家大会上，当俄国东方学家拉德洛夫介绍克列门兹在吐鲁番的盗掘活动及所劫走的文书时，就引起了西方学者的垂涎。会上，一些人"吁请"俄国政府及有关机构继续进行克列门兹的工作。拉德洛夫遂向大会提出了建立一个国际协会的提议。他的提案被通过，于是决定成立"中亚和远东历史学、考古学、语言学和民族学研究国际协会"，而以彼得堡俄国委员会为协会的中心委员会。俄国学者受委托拟订协会的章程草案。1902年在汉堡举行的第十三届国际东方学家大会批准了这一章程草案，并由拉德洛夫和鄂登堡筹组俄国中心委员会。1903年2月，俄国委员会的章程草案经沙皇批准生效，俄国研究中亚及东亚委员会遂告成立。

"协会"以及它的"俄国委员会"的出现，是西方殖民政策的产物。早在19世纪中叶，英、俄帝国主义者利用新疆境内发生的少数民族起义，企图进一步染指我国西北边陲，因此就需要了解我国西北部的地理和历史。而沙俄军队对伊犁地区的侵占，则有助于俄国学者、商人、军官、旅行家自由进入这一地区，其他经过中亚和中俄边疆前往中国西北部的外国人需要得到俄国方面的协作，而俄国人也需要外国学者的研究作为交流，这就是成立国际中亚和远东协会及其俄国中心委员会的背景。正如日本敦煌学家金冈照光所指出的那样："俄国南进要求海港"，英国人也向中亚挺进，"以与俄国对抗"，"这种中亚探查的流行，是十九世纪后半列强政治意图的结果，这是不可否认的事实"（《敦煌的民众——其生活与思想》，转引自姜伯勤《沙皇俄国对敦煌及新疆文书的劫夺》，载《中山大学学报》1980年第3期）。于是沙俄政府以"科学考察的赞助者"的姿态出现，协助其他各国学者到中国西北考察。沙皇政府的眼前目的，显然就是"与学术界分享资料"。这样，所谓"俄国委员会"，就成为沙俄政府插手的在中国西北等地窃取科学情报的前哨组织。

"俄国委员会"从1903年成立到1918年结束，其实质性活动是派遣个人和考察队进行考察。它策划了一系列在我国的"探查"活动，委员会发起人之一鄂登堡对敦煌文书的盗动，就是由它派遣的。

由此可知，19世纪末20世纪初，外国探险家、考察家在中国的考察活动，本身就是帝国主义侵略中国的一个组成部分。在这方面，西方列强的认识是一致的。当然，他们也不是铁板一块，西方各国的探险家、考察家除了为政治和军事目的服务外，他们的学术考察活动，也往往打上了政治或军事色彩。他们也像帝国主义军事侵略者在中国划分势力范围和强占租界一样，在文化侵略中也划分各自的势力范围。如斯坦因认为："英国和俄国互相监视，日益怀疑对方向新疆扩张，全部把眼睛盯着衰落的中华帝国。"对此，自以为是"英国公民"的斯坦因也不甘落后，遂向政府提出了对中国新疆和阗地区及其周围古代遗址的考察计划。

为什么要选择和阗地区呢？斯坦因的理由是："据历史记载所知，今和阗地区曾经是古代的佛教文化中心——起源和特点明显受印度影响，近年来古代文书、钱币、雕刻等等的发现已充分说明，经过对这些古遗址的系统发掘，将会得到对于印度古代文化研究极为重要的发现。"众所周知，当时印度不仅是英国的殖民地，而且还是其向东扩张的前哨基地，斯坦因提出的理由不是可以"古为今用"吗？对此，斯坦因直率地说："我敢肯定，和阗和中国新疆南部是英国考察的适当范围。用现代术语说来，它按理是属于英国的'势力范围'，而且我们也不该让外人夺去本应属于我们的荣誉……我认为，进行此事正是为了印度，争取这项荣誉也正是为了印度政府。"

另如德国与俄国约定："对于中国境内的遗址的挖掘，双方应利益均得，德国远征队的活动范围限定在吐鲁番一带，而库车一带则属于俄国远征队的活动范围。"（参阅唐栋《石窟劫》，载《丝绸之路》1995 年第 5 期）再如日本在中国西北的考察，就引起了正在争夺中国新疆、西藏的俄、英帝国主义的关注，故将橘瑞超的考察称为"间谍探险"。

敦煌宝藏正是在这一历史背景下被盗的。

二

我们说，敦煌宝藏的被盗，正是 19 世纪末 20 世纪初，帝国主义加紧侵略中国的历史悲剧。除此之外，还有许多具体原因：

第一，中国政府的昏聩无能。当时，虽然中国已处于半殖民地半封建状态，但在各地的统治还是有效的。外国考察家在中国的盗劫，还是尽量要取得其合法的身份，即得到中国有关当局的同意。如斯坦因在给政府的报告中说："我还请求印度政府通过外交部与中国政府联系，为我获取在中国突厥斯坦旅行必须的护照或允许。""我还要进一步指出，和阗地方当局的支持，对于计划中的考察成功与否至为关键，因而希望印度政府能帮助解决这一问题，争取中国中央政府或省政府能给和阗的办事大臣发去指示，证实我已获准勘察或考察他辖区中所有古代遗址，在这类遗址上进行发掘，拥有其中出土的文物，如有人出售，还可购买这类文物。"

1900 年 5 月，斯坦因收到了去中国新疆的护照。护照的内容为：

总理衙门发此照予英国学者斯坦因。

兹据 H. B. M. 公使克劳德·麦克唐纳爵士奏报，称斯坦因博士拟携仆从若干自印度前往新疆和阗一带，请发护照云云。

因备此照，由总理各国事务大臣盖印发出。

仰沿途各地官吏随时验核斯坦因博士之护照，并据约予以保护，不得稍有留难。

本护照事毕交回，遗失无效。

斯坦因到新疆喀什噶尔后，就请道台"向和阗按办发出明确的指示"，要他提供必要的帮助，以保证运输、供应、劳工以及行动、发掘、考察的自由。经过努力后，斯坦因的这些要求都满足了。

另如1923年，当美国人华尔纳来敦煌盗劫壁画时，正赶上军阀混战，局势极不稳定。为了保证华尔纳等人的安全，中国当局还派了10名武装的士兵，将他们从北京护送到西安。再如1909年9月，当伯希和盗劫敦煌遗书后，中国学者还在北京的豪华大饭店欢迎他，伯希和还能向中国的学者夸示其所得、所见、所闻。

以上事实说明，敦煌宝藏的被盗，与政府的昏聩无能有着密切的关系。当时，各帝国主义国家凭借其洋枪洋炮和兵舰，任意进出中国领土，在中国国土上划分势力范围，强占租界。在帝国主义的淫威下，上自皇帝大臣，下至一般官吏，对"洋大人"都是毕恭毕敬，言听计从。在此背景下，各国探险家、考察家才能在中国得到所谓"合法"的身份，才能得到中国有关当局的关照，从而将中国的许多文物古迹"合法"地运走了，造成了中国文化不可弥补的损失。

与此相反，当美国人华尔纳第二次来华，计划大规模盗劫敦煌壁画的阴谋失败后，哈佛大学就想到了斯坦因，建议由哈佛燕

伯希和在藏经洞中挑选遗书精品

京社出资两万英镑，请他组织前往新疆"考古"。1930年4月底，斯坦因到达南京，通过英美两国的外交人员向中国政府申请特别许可证。由于有了1927年的中瑞协议，因此中国政府已规定，所有外国考古队来华活动，必须有中国考古学家为共同领队，还必须要有中国学者参加，考察所得文物也不能携离中国。虽然在英美的压力下，斯坦因拿到了中国政府发的通行证，但通行证上没有说明他可以做些什么。因此，当他在新疆偷挖文物后，中国政府便取消了其通行证，并没收了盗挖的文物，斯坦因只好半路折回。（参阅金荣华《敦煌文物外流关键人物探微》，新文丰出版公司1993年，第81—82页）

第二，中国的一些地方官吏及下层人士，由于思想麻痹而无意中帮忙，由于愚昧而上当受骗。如斯坦因常常提到的"潘大人"——潘震，曾给了斯坦因很大的帮助。当斯坦因到达和阗后，由于有中央政府的护照及指示，再加上斯坦因向潘震讲述了当年玄奘去印度所走的路线及和阗当年的佛教文化，使科举出身的潘震很感兴趣，答应将在职权范围内尽力给予帮助。当斯坦因第二次来中国考察时，潘震主要是用电报把斯坦因介绍给他下属的各地县，请他们给予斯坦因一切必要的协助，使斯坦因能充分获得人力和粮食的支援。所有这些，使斯坦因获得了极大的便利，使其在各地的"考察"有如入了无人之境，从而将中国的大批文物盗劫而去。斯坦因曾感激地说过："没有他的热心帮助，也就没有沙漠中的考察，更不可能完成那之前在山里的测量。"

迎佛图（初唐）323窟
被華尔纳破坏的壁画

被华尔纳破坏的敦煌壁画（323窟）

综观潘震的一生，他的确不是一个"卖国者"。在当时的历史条件下，连中央政府对洋人都惧怕三分，作为地方官的潘震，一方面是执行中央政府的指示，另一方面对斯坦因有好感，包括其献身精神。但他始终不理解，为何要将中国的古文书运到西方去。因此当他一再问道："为什么所有这些古代资料要搬运到遥远的西方时，斯坦因默默无语……当潘大人转而问及其他一些细节问题时，他才松了口气。"由此可见，潘震对斯坦因的所作所为，仅仅是不理解、不明白，并没有将其作为"盗贼"看待。

当斯坦因第二次来华考察，准备去敦煌时，还是潘震给当时的敦煌县令汪宗翰写介绍信，这对斯坦因从王道士处诈去大批敦煌宝藏甚有关系。正是由于潘震的介绍，汪宗翰才认为斯坦因只是要去沙漠发掘废址，所以对他很友善，并且还设宴招待。席间汪宗翰还出示了一部《敦煌县志》，谈了千佛洞的一些情形。可能就在这时，斯坦因才得知了王道士发现藏经洞之事。斯坦因充分利用了这一切关系，并制造了一些假象，将大批的敦煌宝藏诈骗而去。"以汪氏的干练，竟因故未能察觉斯坦因的阴谋，则是中国学术界的不幸了"（金荣华《敦煌文物外流关键人物探微》第70页）。

就是道士王圆禄，当斯坦因、伯希和、橘瑞超、鄂登堡等人从他手里骗去大批敦煌宝藏时，他也没有想到，自己扮演了一个"卖国者"的角色。因为不论是斯坦因，还是伯希和、华尔纳，都没有能用金钱从王道士手中买走宝藏，而是利用了王道士的愚昧及其对中国文化的无知。至于斯坦因等人所付的一点点钱，在王道士的眼中只是他们"布施"的"功德钱"，而绝不是购买敦煌宝藏的"交易费"。否则，王道士绝不敢在给慈禧太后的报告中说："于叁拾三四年，有法国游历学士贝大人讳希和，又有阴国教育大臣司大人讳代诺二公至敦煌，亲至千佛洞，请去佛经万卷。"（王圆禄《催募经款草册》，现藏敦煌研究院）可见，贝希和、司代诺（即伯希和、斯坦因）"请去佛经万卷"之事，王道士并不认为是不可告人的。正是由于这一原因，当斯坦因于1914年再次到敦煌后，王道士还主动将斯坦因当年（1907）"捐助"200两银子的用途账目给他看，这一行动，本身就是募化者对施主的义务。

综上所述，我们的一些地方官吏，乃至一些帮助外国人劫夺敦煌文物的普通百姓，包括道士王圆禄，真正的"卖国贼"有几个？绝大多数都是由于知识贫乏，甚至没有知识，不懂得文物艺术及其价值，无意中成了盗劫敦煌文物的"帮凶"。多么悲哀！多么可怕！

第三，中国政府有关部门及官吏，由于无知，或不重视，从而造成了敦煌宝藏的被盗。如敦煌文书发现后，甘肃学台叶昌炽就建议甘肃当局将敦煌文物全部运到省会兰州保管，然而因需五六千两银子的运费而作罢，只在1904年3月命敦煌县令检点封存，由王道士就地保管。这就为以后斯坦因、伯希和等人的盗劫埋下了祸根。我们试想一下，如果当时就将所有敦煌文物全部运到兰州保管，可能就不会发生以后的被盗事件了。

另如，伯希和盗劫敦煌遗书后，在北京给罗振玉等人透露了有关消息。罗振玉得到这一消息后，立即请学部发电报致护陕甘总督毛实君（庆蕃），托其将劫余敦煌卷子购送学部，并拟好电文上呈堂官，电文中说明购买卷子的经费先请垫付，由学部偿还。堂官允许发电，但对"还款"不同意。罗振玉又提出让大学出款，大学总监督刘廷琛也推说无款。罗振玉生气地说，大学如无款，可由农科节省经费来购，不然，可将我个人俸给全部捐出（罗继祖《庭闻忆略》，长春市政协文史资料委员会1985年，第40—41页）。罗当时任京师大学堂的农科大学监督，由于他下了最大的决心，一再坚持，才将劫余敦煌遗书8000余卷运至北京，由京师图书馆保存，从而构成了今天国家图书馆所藏敦煌遗书的主体。我们再试想一下，如果不是罗振玉的坚持，如果没有学部和京师大学堂的努力，将劫余敦煌遗书运至北京保管，可能就会被橘瑞超、斯坦因、鄂登堡盗劫而去。

第四，外国考察家、探险家的个人素质，包括他们吃苦耐劳、不怕艰难险阻，冒着生命危险，为学术献身的精神。如斯坦因在第一次考察时，由于天气太冷，差点将脚冻掉了。由于有了这次的遇险，后来在考察前就立下了遗嘱。再如瑞典人斯文·赫定，也和斯坦因一样，将科学考察作为他们一生追求的事业，并将其一生都献给了这一事业，为此他们终生都未结婚。正是考察家本人这种为了自己追求，为国家和个人的"事业"而奋不顾身的"献身"精神，才使大批的丝路文物在当时那种恶劣的生活、交通条件下，一批批地运到了西方。

（本文原载《文史知识》1997 年第 6 期）

华尔纳敦煌考察团与哈佛燕京学社

敦煌遗书发现后，英国人、法国人、俄国人、日本人等都曾来敦煌盗宝。自从斯坦因于1914年最后离开中国后，几十年来，再没有一个外国考察家从中国的西北盗走任何东西。这是因为第一次世界大战爆发，使所有外国人都停止了他们新的远征。尽管如此，美国人还是决心要碰碰运气。他们虽然不像英国、法国、俄国的考察家盗走大量敦煌遗书，但却在华尔纳的率领下，盗劫了一批敦煌壁画，给敦煌艺术造成了无可弥补的损失。同时还间接促成了哈佛燕京学社的成立。

一、第一次盗劫

1923年初，华尔纳辞去了宾夕法尼亚博物馆馆长的职务，回到哈佛大学，任职于美术系和福格博物馆。"当时负责掌管福格博物馆和美术系的爱德华·佛比斯和保罗·萨克斯两人，在发

华尔纳

展他们的东方艺术品和鼓励对远东艺术和考古进行更深层的研究上，有着浓厚的兴趣"（《兰登·华尔纳》一书第6章《福格两次中国考察》，转引自董念清《华尔纳与两次福格中国考察述论》，载《西北史地》1995年第4期）。而当时的哈佛大学校长洛维尔又对中国西北美术品颇感兴趣。因此，当爱德华·佛比斯和保罗·萨克斯两人提出发展福格博物馆收藏品的建议时，便得到了校方的大力支持。由于当时霍尔基金会给了哈佛大学大笔的捐赠，经费便不存在任何问题。关于人选，当时最适合的莫过于华尔纳了。早在1903年，当"他从哈佛大学毕业后，就作为拉斐尔·庞泼莱的地质学和考古学远征队的成员，旅行到俄属中亚细亚。在那里，访问了古丝绸之路上的撒玛尔罕和布哈拉，同时还访问了当时仍然是独立的基辅汗国。他是涉足此地的第一个美国人"（［英］彼得霍普科克著，杨汉章译《丝绸路上的外国魔鬼》，甘肃人民出版社1983年，第211页）。1906年，华尔纳留学日本，专攻佛教美术。1910年又在朝鲜、日本调查佛教美术一年。1913年，在哈佛大学由他首次开设了东方艺术课程。1916年来华为新成立的克里夫兰美术馆搜集中国文物。

　　由于华尔纳的这些丰富经历，再加上其学识和胆魄，使他成为赴中国西北考察的最合适人选。此外，华尔纳还与敦煌吐鲁番文化有着千丝万缕的联系，早在1913年，他受美国垄断资本家兼东方艺术品收藏家查尔斯·费利尔的委托，曾来中国商谈，想以河内的法国远东学校相类似的方式方法，在北京建立一所美国考古学校。费利尔在北京开办美国考古学校的梦想，虽然由于第一次世界大战的爆发而未能实现，但却给了华尔纳一个畅游中国和接触敦煌吐鲁番文化的机会。途经伦敦时，他拜访了大英博物院中亚佛教美术史专家罗伦斯·宾雍。在巴黎，他拜访了沙畹与伯希和。在柏林，他参观了勒柯克从吐鲁番高昌故城发掘的唐代壁画、纺织品、雕塑等文物。在圣彼得堡和莫斯科，他曾多次参观科兹洛夫（即柯兹洛夫）从哈拉库图（黑城）和新疆劫获的艺术品。所有这些，都使他对中国西北产生了浓厚的兴趣，并特别想去中国进行一次实地的考古发掘。此外，对于华尔纳来说，还有一个特别有利的条件，即他是第 26 任美国总统西奥多·罗斯福一门的乘龙快婿，这一身份为他从事有关活动提供了极大的方便，并能得到各方面的支持与帮助。同时，华尔纳读了斯坦因第二次中亚考察的考古报告《西域考古图记》后，更加向往中国的西北，便决定去中国西北考古。

1923 年 7 月，华尔纳和杰恩到达北京，在此找了一个名叫王近仁的翻译。华尔纳的考察得到了直系军阀吴佩孚的支持与帮助，因此，中国当局曾派了一支武装的护卫队把华尔纳的远征队一直从北京护送到古城西安。1923 年 9 月 4 日，当华尔纳在西安向武装护送的 10 个人告别后，这次远征就正式开始了。

华尔纳远征队的第一个目标是黑城哈拉库图。他们沿着古老的丝绸之路，经过兰州、肃州，最后于 11 月 13 日到达了目的地——哈拉库图，即马可·波罗所说的额济纳。

在额济纳挖掘后，华尔纳的下一个目标就是敦煌。当华尔纳于1924年1月到达敦煌千佛洞时，王道士又外出了，但这并没有妨碍华尔纳，他直接进入了那些有壁画的洞窟里。一连十天，除了吃饭和睡觉外，他很少离开洞窟。

在华尔纳给了王道士相当多的礼物后，王道士也就同意华尔纳剥走一些壁画。经过五天的盗剥，华尔纳终于移下了十二件壁画。华尔纳盗劫壁画后，于1924年4月经兰州、北京返回美国。由于他领导的第一次美国福格考察团劫回了极其珍贵的敦煌壁画和其他艺术品，深受佛比斯、萨克斯及哈佛大学校方的重视。他本人得到了极大的荣誉，同时哈佛大学的福格收藏所也因为有了这些艺术品而永久闻名于世界。尽管如此，华尔纳并不满足，其野心越来越大，他决定带一支更大的队伍，在敦煌盗劫更多的壁画。

二、第二次考察与哈佛燕京学社的成立

华尔纳率领的第二次美国福格考察团由6个人组成：华尔纳、杰恩、丹尼尔·汤普森（负责剥离壁画）、阿兰·普列斯特、霍拉斯·史汀生（负责测量）和查理德·斯达尔（负责摄影）。

华尔纳第二次考察的主要目的，就是用胶布将敦煌莫高窟第285窟（西魏）壁画全部剥离运回美国。此外，华尔纳还有一附带的任务，即代表哈佛大学和霍尔基金会在中国物色一姊妹学校

以共同研究中国文化。美国铝业大王霍尔是一位发明家，他由于发明廉价的制铝工艺而获巨富，但终身未娶，也没有子女，而且他的姐姐曾作为一名传教士在中国任教，因此他在临终遗嘱中将其遗产的三分之一用于中国文化研究和教学活动。其方法是在美国和中国各选一所大学组成联合研究机构。由于第一次世界大战，这一计划未能实行。战争结束后，霍尔遗嘱执行团于1921年在美国选中哈佛大学，华尔纳两次考察的经费即来源于此。

当时司徒雷登任职于燕京大学，他为了解决办学经费，几乎每年都回美国去募钱。一次偶然的机会，他得到了这个消息，本来他想争取燕京大学作为中方大学入选以得到这笔款项，但由于燕大刚刚成立，远不及北京大学的影响和声望，所以，霍尔遗嘱执行团便在中国相中了北京大学。因此，当华尔纳第二次带领福格考察团于1925年初到达北京后，华尔纳便留在北京商谈合作之事，并要求北京大学偕同前往敦煌"考古"。这样，就由杰恩率队西行，同行的还有两个中国人，即北京大学的陈万里和第一次考察时的翻译王近仁。正是由于有两校合作计划，北京大学的陈万里便代表北大国学门，参加了哈佛大学福格考察团，前往敦煌考古。正如沈兼士先生在为陈万里《西行日记》所作的序言中说："余以敦煌近二十年来，外人已屡至其地，顾我国学者，以考古为目的而往者，此殆为嚆矢。"

当华尔纳到达北京时，中国人民的反帝爱国运动迅猛发展。这时，由于上海五卅惨案的发生，全国各地爆发了反帝爱国运动——五卅运动，并由此掀起了反帝排外的高潮。由于这一原因，北大校长蒋梦麟最终决定不与哈佛大学合作，并于 6 月 7 日电令陈万里与考察团决裂，提前返校。"而华尔纳也在路上听说了在上海发生了五卅惨案……以致使华尔纳和其队员的安全都成问题。华尔纳他们的美国朋友从北京发来电报，强烈要求他们空手回来，不要因进行研究而受到伤害，要他们'拥抱你们的祖国和你们的大学'"（《兰登·华尔纳》一书第 6 章《福格两次中国考察》）。这样，华尔纳便不得不解散其考察团，于 1925 年 8 月回到哈佛大学。

至于霍尔基金会选定的哈佛和北大合作一事，前已述及，双方未能达成合作协议。非常巧合的是，华尔纳考察团的翻译王近仁乃燕京大学学生，当华尔纳第二次考察失败，王近仁返校复学后，燕京大学校长"司徒雷登从其口中了解到华尔纳与北京大学合作考古失败的情形之后，大做文章。辗转将此事告之中国教育部次长秦汾，后由教育部知会外交部，以华尔纳违反国际法为由，向美国驻北京公使提出抗议。事情虽被美国政府敷衍过去，但哈佛大学觉得太丢面子，既迁怒于华尔纳，也不满意北京大学。司徒雷登乘此机会积极活动，于 1926 年赶回美国，以燕京大学的名义与哈佛大学协商合作研究中国文化，结果大功告成。1928 年春，哈佛燕京学社于兹正式成立"（徐威《燕京大学与哈佛燕京学社》，载《中华读书报》1998 年 2 月 25 日）。

我们知道，哈佛大学不仅在美国，而且在全世界都是很著名的大学，而燕京大学属于教会大学，是基督教新教差会于1916年联合在华设立的大学。美长老会传教士司徒雷登为该校的重要创办人，并于1919年1月31日被任命为燕京大学首任校长。1920年，司徒雷登以4万元的低价从陕西军阀陈树藩手中买下北京西郊海淀一带243亩土地，在美国霍尔铝业集团、洛克菲勒集团、纽约托事部以及中外人士的大批捐助下开始建设新校址。1925年初步建成，学校迁入，后又陆续扩建，形成占地700多亩，有大小宫殿式建筑物88座的美丽校园。

哈佛燕京学社于1928年1月5日由美国麻省批准，是两校合作研究中国文化的机构。在创办的起始20年里，学社有两处驻地办公，一个在美国麻省康桥的哈佛大学内，另一处在北京的燕京大学。而学社具体的学术活动则集中在哈佛大学和在华的美国教会大学，旨在发展汉学研究。在开展学术活动的同时，学社还在哈佛大学建立了哈佛燕京图书馆和东亚系，并创办了《哈佛亚洲研究》。在中国，1930年设立了引得编纂处，编印《汉学研究丛刊》，20年间，共出版64种引得，是一套很有价值和影响的丛刊。除了资助燕京大学编撰的《哈佛燕京学社引得》丛书之外，学社还在燕京大学开始出版颇有影响的学术期刊《燕京学报》。此外，学社还资助山东的齐鲁大学、南京的金陵大学、福州的福建协和大学、广州的岭南大学、华西协合大学大力开展国学研究。同时，学社也出资赞助诸如华中大学等多家学校增加其图书馆的藏书和博物馆的藏品。所有这些资助项目都对这些高校的发展起

到了举足轻重的作用。（参阅裴宜理《写在哈佛燕京学社创办 90 周年之际》，载《文汇报》2018 年 6 月 22 日）

1941 年太平洋战争爆发以后，日军占领北平，学校遭日军封闭，燕京大学被迫于 1942 年迁往四川成都，哈佛燕京学社继续在成都活动。1945 年日本投降后，燕京大学回迁北平，学社也在北平恢复了办事处。中华人民共和国成立后，燕京大学于 1951 年春改为公立。1952 年在院系调整中，其有关各系所分别并入北京大学、清华大学、中央财经学院等，原校址由北京大学迁入，哈佛燕京学社北平办事处亦随之撤销，而设在哈佛大学的学社总部则延续至今。

（本文原载《中国典籍与文化》1999 年第 3 期，收入本书时略有修改）

敦煌研究院

——中国敦煌学研究的缩影与标志

　　总结百余年的中国敦煌学史，无法绕开的一个机构或话题就是敦煌研究院。不论是民国时期的国立敦煌艺术研究所，还是中华人民共和国成立后的敦煌文物研究所，乃至改革开放后的敦煌研究院，虽然名称在不断变化，但她一直是我国敦煌石窟保护和研究最大的实体单位，也是国内外敦煌学研究的重镇。

一、研究所（院）的成立、发展与国家的命运息息相关

　　敦煌艺术研究所的成立是抗战时期西北开发热潮的产物。1937 年后，随着日本侵略者的逐渐紧逼，国民政府重心的西移，以兰州为中心的西北就成了抗战的大后方，自然引起了各方面的关注。开发西北、建设西北就成了时人关心的新课题。要开发西北、

建设西北，首先就要了解西北，而要了解西北，就需要考察西北。正是在这样的大背景下，从40年代初开始，许多政府要员不断赴西北考察，由政府有关部门或学术机构组成的各种考察团也开赴西北。如中央研究院等单位组织的"西北史地考察团"，教育部的"西北艺术文物考察团"，中央设计局的"西北建设考察团"，经济部的"西北工业考察团"，农林部的"西北调查团"，国父实业计划研究会"西北考察团"等，还有张大千等以个人名义赴敦煌考察、临摹壁画等。

当西北成了经济建设的后方时，兰州在西北经济建设中的地位更加突显，敦煌文化得到了大家的认可，如中央研究院院长朱家骅视察西北后，于1941年作了《西北观感》《到西北去》《西北经济建设之我见》等演讲，指出"西北是我民族文化发祥地"，敦煌"是我民族文化的至宝，应妥为保存和不断研究"。

1941年，国民党元老、监察院长于右任视察敦煌后，提出了设立敦煌艺术学院的建议。1942年1月12日，国民政府讨论通过了于右任的提议，决定交教育部负责筹备。为了与大学内设置的学院相区别，决定成立敦煌艺术研究所。

随后，经过各方面的努力，1943年1月18日，教育部正式公布了国立敦煌艺术研究所筹备委员会成立的消息及筹备委员、主任、副主任和秘书名单，聘请高一涵、常书鸿、王子云、张大千、张庚由、窦景椿、张维7人为敦煌艺术研究所筹备委员，并指定高一涵为主任、常书鸿为副主任，王子云兼秘书。3月，常书鸿等人抵达敦煌，开始了敦煌艺术研究所的建设工作。经过半年多的筹备，国立敦煌艺术研究所于 1944 年 1 月 1 日正式成立，常书鸿被任命为所长。

1949 年 9 月 26 日敦煌迎来了解放，1950 年 8 月 22 日中央文化部正式接管敦煌艺术研究所。所谓"接管不过是补办一个手续"，"宣布从 1950 年 8 月 1 日起敦煌艺术研究所更名为敦煌文物研究所，直属文化部文物事业管理局"。

1978 年后，随着"科学的春天"到来，敦煌文物研究所也获得了长足的发展。由于"敦煌在中国，敦煌学在日本"的说法流传，促使着敦煌人奋发向前，努力夺回敦煌学中心，取得了一系列高质量的学术成果。伴随着中国敦煌吐鲁番学会成立的东风，中共甘肃省委于 1984 年 1 月 15 日决定，在原敦煌文物研究所的基础上，建立敦煌研究院。

综观敦煌研究院的发展历程，从国立敦煌艺术研究所的筹备、成立，到敦煌研究院的建立，无一不是顶层设计的产物。可以说，敦煌研究院的发展，始终与国家的命运息息相关，紧紧结合在一起。

二、敦煌研究院对石窟的保护和研究是不可替代的

以守护莫高窟、研究敦煌石窟艺术为中心工作的敦煌研究院，诸多工作是其他国家或机构无法替代的。

1. 石窟的保护管理是无法替代的

敦煌学是一门国际显学，敦煌文献也分散收藏在十多个国家的几十个图书馆和博物馆中，研究的力量也比较全面。但敦煌研究院作为敦煌石窟的保护、研究机构，主要的任务是保护。因为具体的研究工作可以请世界各国的学者进行合作，或者交给下一代。但洞窟的保护则只能由研究院来承担，因此，石窟的保护是敦煌研究院最重要的工作和头等大事。

国立敦煌艺术研究所就是为了保护敦煌石窟而成立的；敦煌文物研究所的早期，就成立了考古、美术和保护研究室；敦煌研究院建立后，第一批就成立了保护、考古、美术和文献研究所。从20世纪40年代的修围墙、清积沙，到60年代的莫高窟崖面维修和加固，再到80年代的北区修建防洪大堤，都是抢救性的保护工程。

随着我国的对外开放，来莫高窟旅游的人数激增，再加上旅游收入与洞窟保护之间的矛盾，如何从科学上、法制上保护敦煌石窟，就成了研究院领导面临的迫切问题。从20世纪80年代开始，敦煌研究院就通过先进的理念和现代科学技术对壁画的病害进行修复治理，并从保护工作的实践中总结经验，提出了"多学科综合性保护"和"主动的预防性保护"设想。由樊锦诗院长发起并组织起草的《甘肃省敦煌莫高窟保护条例》由甘肃省人大常委会讨论通过后，已于2003年3月1日起施行，从而使莫高窟的保护工作进入了法制化的轨道。随后，敦煌研究院又制定了《敦煌莫高窟保护与管理总体规划（2006—2025）》，并建设陈列馆，控制进窟参观人数。采取数字化展示与实体洞窟参观相结合的全新参观模式，将敦煌石窟的保护、文物的管理与敦煌学研究、旅游开放、基础设施建设等有机结合。

正是因为敦煌研究院在70多年的石窟保护管理中，探索出了一套依法保护、科学研究、高效管理、合理利用的文化遗产运行管理模式。并在有效保护的基础上，对莫高窟文化资源进行合理利用，实现了文物保护与旅游开放的双赢。所以甘肃省决定，将麦积山、炳灵寺和北石窟寺也划归敦煌研究院管理，以带动重要石窟文物保护和管理工作的提质、上档、升级。

2. 石窟艺术资料的整理、研究是不可替代的

从敦煌艺术研究所筹备开始，敦煌研究院在做好石窟保护工作的同时，一直重视石窟资料的整理和研究。

研究院是敦煌石窟的保护管理单位，管理、研究人员大部分长年住在莫高窟，这既是他们的职责所在，又有了得天独厚的便利条件，即对石窟非常熟悉，从而为石窟考古和艺术研究提供了机遇。《敦煌石窟内容总录》《敦煌莫高窟供养人题记》《莫高窟第266—275窟考古报告》就是长期坚守在莫高窟的"敦煌人"多年积累的成果。

早在1922年，敦煌官厅就对莫高窟做了比较全面的调查，编写了简明的《敦煌千佛洞、安西万佛峡、安西千佛洞官厅调查表》。20世纪40年代初，教育部艺术文物考察团、张大千对莫

高窟进行了调查。在此基础上，谢稚柳、史岩、李浴又分别从不同角度按窟形、塑像、壁画、供养人题记等对洞窟进行了著录。敦煌文物研究所在长期的壁画临摹和石窟考古、艺术研究中，加深了对石窟内容的认识。1962 年，欧阳琳、万庚育、李其琼、霍熙亮、孙儒僩等对石窟内容进行调查，对壁画内容的认识更加深入。1964 年起，由史苇湘先生负责，对洞窟内容作了全面复查，订正了一些错误，著录了全部的 492 个洞窟，完成后又由万庚育进行了复核。1982 年，在史苇湘的指导下，蔡伟堂将原来的卡片、表格式内容整理成书稿，由文物出版社出版了《敦煌莫高窟内容总录》。

《敦煌莫高窟内容总录》由于著录的洞窟齐全，内容完整，定名、断代比较合理，出版后就成了敦煌学研究者的案头必备工具书。1991—1993 年，王惠民又对全书作了校对，增加了敦煌西千佛洞、东千佛洞和安西榆林窟、肃北五个庙的内容总录，将书名改为《敦煌石窟内容总录》，由文物出版社于 1996 年出版。由此可知，它是研究院三代学者几十年辛勤工作的反映。

《敦煌莫高窟供养人题记》是研究院两代学人多年劳动的结晶。在国立敦煌艺术研究所时期，史岩就对洞窟中的供养人题记进行了辑录整理，于 1947 年出版了《敦煌石室画像题识》。20 世纪 50 年代，王去非、史苇湘、万庚育在此基础上进行了增补订正，并汇集了谢稚柳《敦煌艺术叙录》中的资料，还收录向达、劳榦等学者的笔录。70 年代末，贺世哲、孙修身、刘玉权、欧阳琳等再次作了校勘和增补，并由贺世哲整理成书，由文物出版社于1986年出版。

前已述及，敦煌研究院虽然在全力保护石窟，但不可否认，科学的保护只能延长它的岁月，却无法使其永存。因此就要编著石窟考古报告，为永久地保存石窟留存科学的档案资料。

1957年郑振铎率队对敦煌进行参观考察后，提出了编写敦煌石窟考古报告的意见。次年成立《敦煌图录》编委会，并编出了第285窟的样稿。1963年，在莫高窟南区石窟维修加固期间，贺世哲、李永宁做了部分测量和记录，绘成了《莫高窟南区立面图》。

从20世纪80年代后期开始，敦煌研究院先后对莫高窟第268、272、275窟进行了传统的手工测绘，并尝试进行文字记录的撰写。1994年草拟了考古报告的编辑出版计划，成立了编写小组。2002年，确定由樊锦诗、蔡伟堂等承担《敦煌石窟全集》第一卷《莫高窟第266—275窟考古报告》的编写任务。经过樊锦诗等学者多年的辛勤努力，2011年出版了敦煌石窟考古报告的第一卷《莫高窟第266—275窟考古报告》。这个报告是敦煌石窟发现后的第一次全面记录，既保存了石窟档案，反映了敦煌石窟研究的最新水平，也为国内其他石窟保护研究单位编写考古报告提供了范本。

不论是《敦煌石窟内容总录》，还是《敦煌莫高窟供养人题记》《莫高窟第266—275窟考古报告》，都是研究院几代学人面壁石窟几十年的劳动结晶，这是其他任何单位或个人无法替代的。

三、领导人的带头作用至关重要

从敦煌研究院的发展史可知，领导人的作用是至关重要的。20世纪40年代初，如果没有监察院长于右任的积极呼吁与奔走，敦煌艺术研究所的成立可能都是问题，起码不会这样顺利。后来常书鸿作为敦煌艺术研究所筹备委员会副主任和首任所长，能够放弃内地城市比较优越的工作、生活条件，在风沙戈壁、生活异常艰辛的敦煌坚守几十年，带领研究所全体人员保护、研究敦煌石窟。他们临摹壁画，赴全国和世界各地展览，撰写文章，宣传敦煌艺术，使全国民众和世界了解了敦煌石窟和敦煌学，为敦煌研究所的发展奠定了基础，从而被誉为"敦煌守护神"。

段文杰先生于1946年从巴蜀胜地的四川来到西北边陲的敦煌，一生都坚守在大漠之中，进行敦煌艺术的保护、临摹和研究工作。他生命的"最强音和敦煌交织在一起"，被誉为"大漠隐士"。他在敦煌壁画临摹方面不仅个人成就卓著，而且开始了科学总结，为创建"临摹学"的学科体系奠定了基础。他对敦煌石窟艺术进行了系统深入的探索、潜心研究，其在敦煌艺术研究领域的开创性贡献到现在还无法超越；他还身体力行，创办了《敦煌研究》杂志，创建了敦煌研究院和中国敦煌石窟保护研究基金会，并大力推动国际学术交流，这些都为研究院的进一步发展奠定了基础。从1980年开始主持敦煌文物研究所的工作到1998年从敦煌研究院院长的岗位上退下来的18年间，被称为敦煌研究院史上的"段文杰时代"。

樊锦诗1963年北京大学毕业后到了敦煌,从1977年开始担任敦煌文物研究所副所长,1984年敦煌文物研究所扩建为敦煌研究院后任副院长,1998年担任院长,2015年退居二线任名誉院长。她潜心于敦煌石窟的保护和专业研究,积极推动《甘肃省敦煌莫高窟保护条例》和《敦煌莫高窟保护与管理总体规划(2006—2025)》的颁布实施,使敦煌石窟走上科学保护之路,并最早提出"数字敦煌",策划实施了"敦煌莫高窟保护利用工程",为敦煌莫高窟文物和大遗址保护传承与利用做出了突出贡献。她主编的敦煌石窟考古报告总结了国内外石窟考古报告的经验,为以后石窟考古报告的编纂确立了典范。她现在虽然已经过了80岁,但仍然生活、工作在敦煌。这位江南姑娘已与莫高窟"厮守"了50多年,可以说自己本身就成了敦煌的一部分。敦煌就是她的生活、她的希望、她的一切,或者说敦煌就是她的生命,她也因此被誉为"敦煌的女儿"。

正是由于这些"敦煌人"扎根大漠,不离不弃,甘于奉献和开拓进取,才使世界文化遗产莫高窟获得了有效保护,为敦煌学的发展奠定了坚实的基础。中国政府和社会各界也对"敦煌人"给予了充分的肯定,常书鸿和段文杰于2000年荣获"敦煌文物保护研究特殊贡献奖";2007年段文杰又荣获"敦煌文物和艺术保护研究终身成就奖";2009年樊锦诗荣获"100位新中国成立以来感动中国人物"和"时代领跑者——新中国成立以来最具

常书鸿与段文杰

影响的劳动模范"；2018 年获"薪火相传——文化遗产筑梦者"终身成就奖；作为"文物有效保护的探索者"被党中央、国务院授予"改革先锋"荣誉称号；还荣获"改革开放四十年感动甘肃人物"。

当荣获奖励时，樊锦诗说："苦都让老先生们吃了，可表彰全给了我。""我有幸成为党中央表彰的 100 位改革先锋中的一位，这个荣誉不是给我个人的，是给几代莫高窟人的，是给敦煌研究院全体职工的，是给为莫高窟保护、研究、弘扬和管理做出贡献的人们的，也是给我国所有文物工作者的。这一点，我非常清醒，凭我一人之力，是绝对做不出来的，我只能是一个代表而已。""我理解这个奖，是颁发给所有敦煌人的，既有故去的老人，也有现在的职工。面对敦煌这笔无与伦比的文化遗产，我们理应做得更好。"

由于敦煌是丝绸之路的"咽喉"之地，在国家提出"一带一路"的倡议后，敦煌研究院扮演了更加重要的角色，尤其在敦煌学研究推动"一带一路"建设方面发挥着重要作用，如在中亚地区的考古发掘，对南亚印度、中亚诸国和阿富汗进行考古、历史、艺术和文物保护多方面的合作等。同时，还将其长期积累的壁画与土遗址方面的成套文物保护技术，也向"一带一路"沿线国家分享和推广，如正在开展的吉尔吉斯斯坦那伦州古代城堡遗址的保护研究项目就是一个例证。

（本文原载《光明日报》理论版 2019 年 7 月 22 日，发表时有删节，此次收入全文）

常书鸿
——暗夜中不灭的烛光

刚才张涌泉老师谈了浙江、浙江大学与敦煌学的关系，浙江学者对敦煌学的贡献。为什么浙江与敦煌学有这样密切的关系呢？我认为，历史上文化的发展与经济有着密切的联系。明清以来，江南地区也就是浙江、江苏地区是经济最为发达的地区。明清以来的进士以江浙地区为主，而现在中科院院士、工程院院士和文科资深教授也是以江浙地区为多。所以，浙江学者与敦煌学的发展，是与明清以来社会经济的发展密切相关的。

正因为经济文化的发达，浙江籍的学者能够站在世界学术的前沿，敏锐地看到敦煌文献的重要性，愿意投入敦煌文献的整理研究，这是浙江敦煌学发展的一个背景。

我和常书鸿先生第一次见面比较早，是在1983年。我和常先生本人没有特别的接触。1994年常先生去世，骨灰撒向敦煌时，我恰好在敦煌，常先生的夫人李承仙和儿子常嘉煌还专门给我送

常书鸿先生塑像

了一本刚出版的常书鸿先生的《敦煌五十年》。后来我和常先生的女儿常沙娜有一定的接触和联系。

关于敦煌艺术研究所（含敦煌文物研究所、敦煌研究院）的事或人，当事人的回忆录有：常书鸿《九十春秋：敦煌五十年》（浙江大学出版社 1994 年）、段文杰《敦煌之梦》（江苏美术出版社 2007 年）、樊锦诗《我心归处是敦煌：樊锦诗自述》（译林出版社 2019 年）、常沙娜《黄沙与蓝天：常沙娜人生回忆》（清华大学出版社 2013 年）、孙儒僩《菩提树下》（中国青年出版社 2019 年）、万庚育《皈依敦煌》（中国青年出版社 2019 年）、高尔泰《寻找家园》（花城出版社 2004 年）、高尔泰《草色连云》（中信出版社 2014 年）、萧默《一叶一菩提：我在敦煌十五年》

《九十春秋：敦煌五十年》封面

（新星出版社 2010 年）、萧默《秋风吹不尽》（广东人民出版社 2015 年）等。

　　另外还有非当事人撰写的几部书稿，如李昌玉《奔向千佛洞》（专门写邵芳，敦煌文艺出版社 2013 年）、王家达《敦煌之恋》（人民文学出版社 1996 年）、王家达《莫高窟的精灵：一千年的敦煌梦》（甘肃人民出版社 2011 年）、雒青之《百年敦煌：段文杰与莫高窟》（敦煌文艺出版社 1997 年、上海三联书店 2007 年）、李旭东《张大千与敦煌》（团结出版社 2018 年）等，还有今天要谈的叶文玲著《此生只为守敦煌：常书鸿传》（浙江人民出版社 2020 年）。

　　此前，叶文玲曾出版过《敦煌守护神：常书鸿》《常书鸿：敦煌铸就五字碑》，目前的这本《此生只为守敦煌：常书鸿传》，就是 2001 年版《敦煌守护神：常书鸿》的修订本。

　　敦煌是一个神奇的地方，改革开放前的敦煌，条件之艰苦，甚至到了无法想象的地步，尽管如此，还是有一批批的艺术家、学者向敦煌奔去，并能够坚守下来。樊锦诗说"我心归处是敦煌"，她已将生命融入了敦煌；今年已 96 岁的孙儒僩先生，晚年到兰州居住后，魂牵梦绕的还是敦煌。他说："莫高窟总有一种神奇的力量，让人怀念，人离开了，心却离不开"，"我心永远在莫高"。有人问百岁老人万庚育先生："从北京大都市来到敦煌几十年，你后悔吗？"万庚育果断地说："我不后悔，自 1954 年我和（李）贞伯决定从北京到敦煌莫高窟那天起，我们就没为当初的选择后

《此生只为守敦煌：常书鸿传》封面

悔过，因为我们热爱敦煌艺术，能在世界瞩目的莫高窟工作，学习传承研究弘扬敦煌艺术，是多么地荣幸！"而常书鸿说："如果真的再一次托生为人，我将还是常书鸿，我还要去完成那些尚未做完的工作。若有来生，我还是要守护敦煌。"

看了《此生只为守敦煌：常书鸿传》，确实很感慨。我有时问自己，如果我遇到这些情况会怎么样，能否坚持？我似乎没有确定的答案。常书鸿在他那个时代能够从法国巴黎到敦煌那种艰难困苦的条件下去工作，守护莫高窟，研究敦煌艺术。这在今天根本无法理解。就算是现在敦煌的条件已经好得不能和以前同日而语的情况下，我们好多学者也不愿意去敦煌工作，而常老却在艰难的环境下坚守几十年。他的第一任妻子陈芝秀坚守不了，跑

常书鸿先生故居

了，到兰州后登报和他离婚。除了生活的艰辛，还有事业与家庭、爱情与婚姻的重重打击，但常老毅然选择了坚守敦煌，就凭这一点，我们就要感谢常老、记住常老、学习常老。

关于敦煌的回忆性作品有很多，今天所说叶文玲的《此生只为守敦煌：常书鸿传》是一部传记，但你也可以说这是一部报告文学；或者说，它介于传记和报告文学之间。报告文学不是历史的书写，不是学术评传。它允许虚构、夸张和想象。我认为，回忆录、自传或文学传记，如果能做到"别人看了不摇头，自己看了不脸红"，就算是成功了。从这个意义上说，《常书鸿传》的写作无疑是成功的。此外，书中对常书鸿的描写是比较真实客观的，它如实讲述了常书鸿从巴黎怎样到重庆，怎样到兰州，怎样

常书鸿先生之墓

2004年纪念常书鸿先生诞辰100周年纪念座谈会（摄影：宋利良）

到敦煌，并一直在敦煌坚守下来。这中间既有政权的变更和时代的交替，还经历了"反右""文革"等各种运动，但常书鸿从国立敦煌艺术研究所所长到敦煌文物研究所所长，一直干了近40年，晚年还担任名誉所长和院长。这在整个中国学术史上都是唯一的。

个人的回忆录，往往是有选择性的。即使是同一件事情，同一个人在不同时代、不同语境、不同心态下，回忆讲述出来的结果也可能不同。他们都是从各自的角度或自己了解的部分去回忆，而且由于时间的流逝，人的记忆会有遗忘。或者会有意无意地将自己的作用放大或缩小。因此同一件事、同一个人，在不同的时代、不同的心境下，所描述或口述的回忆都不一样：有时正面，

李承仙代表常书鸿先生接受敦煌特殊贡献奖（摄影：孙志军）

有时反面，有时则中性。从这一点说，叶文玲虽然到过敦煌六次，做了许多实地勘察和采访的工作，但作为一个文学家，这本书有文学的丰厚度，但在某些方面则缺少了一点历史学的全面性，即在选材范围上有一定的局限性。但我认为，这本书总体是不错的，它刻画了一个真实的常书鸿，刻画了一代莫高人在艰难困苦条件下在敦煌的坚守和对敦煌的贡献。

本书出版后，《中华读书报》记者舒晋瑜曾对叶文玲有专访：《叶文玲：为"敦煌守护神"作传》（2020年11月25日第11版）。叶老师说："如果说常老的事迹是暗夜中不灭的烛光，那么我愿意把自己的全部写作精力和能量化作沸腾的燃油，光照四野。"从这个角度说，叶文玲老师的目的达到了，她的写作是成功的，《此生只为守敦煌：常书鸿传》是一本优秀的人物传记。

常书鸿被誉为"敦煌守护神"，段文杰被誉为"大漠隐士"，樊锦诗被誉为"敦煌的女儿"。通过叶文玲的这本书，让大家知道并记住常书鸿，这无疑是一件大好事；同时，这本书宣传了一代人对莫高窟的坚守、对敦煌的探索研究，他们都为敦煌学在世界作出了无法替代的贡献，为我们祖国争了光。

（本文为 2021 年 1 月 16 日浙江图书馆"文澜读书岛"主办的《此生只为守敦煌：常书鸿传》阅读分享会上发言稿。部分内容刊于《中国新闻出版广电报》2021 年 2 月 8 日）

孙儒僩先生谈敦煌与敦煌学

　　敦煌研究院孙儒僩先生，1925年出生于四川新津，1946年毕业于四川省立艺术专科学校，1947年来到莫高窟，在敦煌艺术研究所从事敦煌石窟的保护和艺术研究，曾任敦煌研究院保护研究所所长、甘肃省文物鉴定委员会委员。从20世纪50年代开始，将主要精力投入敦煌石窟的保护工作，负责莫高窟第254窟等早期洞窟的试验性抢修加固工程的设计与施工；60年代参与莫高窟的治沙工作，负责莫高窟全面维修和加固工程的勘测设计与施工监理。1975—1985年主持了榆林窟、西千佛洞和莫高窟南区南段石窟的加固工程，90年代前期，为了生活的方便，才从敦煌搬到兰州。他在敦煌工作、生活了40多年，一生经历了国立敦煌艺术研究所、敦煌文物研究所和敦煌研究院三个时期，也亲身见证了敦煌研究院的发展壮大和敦煌石窟保护的艰难历程。此前，孙先生曾在《敦煌研究》发表了多篇学术回忆，出版了《敦煌石窟保护与建筑》（甘肃人民出版社2007年）等学术专著，其中就

《菩提树下》封面

有一些个人生活和学术工作的回忆。

现在，由孙儒僴先生口述，齐双吉、杨雪梅撰写的《菩提树下》，作为《敦煌回忆录丛书》之一，由中国青年出版社出版了。这既是70年来孙先生敦煌石窟保护和研究工作的真实记录，又从一个侧面展现了敦煌研究院70年学术发展的丰富内容。

一、小细节中反映的大历史

孙先生口述的是个人的生活、工作经历，但在不经意间的小事中，可以看到壮丽、宏大的历史场面，以下仅选取孙先生的几件小事来说明。

1. 工薪制下的"米代金"

1950年8月，西北军政委员会文化部文物处赵望云、张明坦两位处长代表中央文化部来敦煌接管敦煌艺术研究所。接管这几天，工作内容很多，其中之一是"宣布研究所人员实行工薪制。新中国成立时间不长，货币不稳定，我们的工薪叫'米代金'，用当月小米的平均价格折合成货币，政府对我们的待遇是比较丰厚的"（《菩提树下》第85—86页。以下凡引本书只注明页码）。"8月24日到25日每天下午都在讨论工薪问题。每个职工的情况不同，确定的工薪标准也不同，我只记得我的工薪标准暂定为每月1100斤小米。当年我们曾在敦煌参加过'减租反霸'运动，多少了解一些敦煌的情况。敦煌土地肥沃，又是水浇地，每亩地一季才收两三百斤小麦，我们每月1100斤小米，是农民三四亩地一年的收成"（第86—87页）。

当时实行大区管理，全国分为西北、西南、东北、华南等大区，由各大区代表中央政府行使职权。敦煌文物研究所的接管是由西北军政委员会文化部负责。由于币制改革还没有开始，工资既有货币工资（如1951年5月由学习书店出版的《敦煌》，是76页的小32开图书，其定价就高达4900元），也有"米代金"。从个人的角度说，"米代金"是比较好的，也体现了党和政府对知识分子的重视，如先师金宝祥先生于1951年8月由西北师范学院评审，西北教育部审批为教授，其工资也是"米代金"，每月小米830斤。同时评审的两位副教授，一位是小米750斤，另一位则是700斤。如果与金宝祥先生的经历与职称相比，孙先生每月工资"1100斤小米"确实是比较高的，所以孙先生才说"政府

作者与孙儒僩、李其琼夫妇在莫高窟（2004年8月19日）

对我们的待遇是比较丰厚的"。

孙先生说："1956 年有一次大的工资改革，改革后变成了正式的货币工资。1956 年我的工资是 140 多元，我老伴是 120 多元，我们的工资是比较高的，是大学生工资的两倍多一点。段文杰是 170 多元，常先生是 300 多元。"（第 168 页）不论是 1950 年实行的工薪制，还是 1956 年的工资改革，敦煌文物研究所研究人员的待遇都是比较高的，这可能是对他们扎根西北边陲，在艰苦、边远、高寒环境中工作的一种补偿吧。

2. 由财政部划拨经费

在国民政府时期的敦煌艺术研究所，其"办公经费和工资，是国民党财政部根据教育部的安排每月拨款。拨款时财政部直接给研究所发一个拨款通知书，中间没有其他的部门经转，没有层层剥削，但有时连续几个月时间只收到拨款通知书，却拿不到钱"，因为"一纸国库拨款通知书，用邮寄的方式从南京寄到敦煌，等我们收到时已经是一二十天以后的事了"。（第 61 页）由此可知，国立敦煌艺术研究所虽然人数不多，级别也不高，但由财政部直接拨款，省去了许多的中间环节，节省了时间和精力。

3. 职称评审

孙先生评审职称的经历也很有启发意义和借鉴价值。"1982 年开始评专业技术职称了，这次评了两个研究员：段文杰院长和史苇湘，副研究员记不清评了几个，我和老伴都是副研究员"（第 216 页）。1987 年，孙先生 62 岁，又开始评研究员了。这次评审，除了考外语（文物系统可以考古汉语）外，还要有代表性成果。孙先生由于事务繁杂，尤其是他长期从事的石窟加固工程，设计单位都是铁道设计院。只有第四期加固的 30 个洞窟是他设计的，所以孙先生就提交了敦煌石窟第四期加固方案。"评定职称时，省里对我提交的加固方案做不了鉴定，甘肃省找不出既搞工程技术又搞文物保护的评委专家"。敦煌研究院就到北京请中国文化遗产研究院的文物保护专家祁英涛工程师写了鉴定意见。"如果没有这个方案，就拿不出评定职称的硬件了。1988 年，我和老伴都晋升为研究员，那年我 63 岁了"。（第 217 页）由一篇没有正式发表的加固方案，并由一位专家审读提供意见，孙先生就被评为研究员，说明当时行政的力量还不是很强大，学术界还有诚信可言，学术权威的意见能够得到尊重，也没有今天所谓论文和刊物级别、专著和权威出版社、项目和奖项国家级、省部级的硬性要求。由此也让我们想到 1946 年武汉大学唐长孺先生评教授时，提供的也是一篇未发表的《唐书兵制笺正》，也是由陈寅恪先生一人审查通过而评上了教授。说明现在的"破五唯"的确是应该和及时的。但"破"了以后如何"立"，"立"什么？又是值得认真探讨和研究的。

二、敦煌的生活和工作

孙先生初中毕业时，恰逢抗战后期的艰难时刻，再加上父亲去世，"家中经济更紧张了，不足以维持我继续上高中、上大学，所以初中毕业以后，我自作主张报考了四川省立艺术专科学校"（第10页）。四川省立艺术专科学校是抗战初期兴办的一所学校。抗战时期，四川、云南是西南大后方，很多美术家、音乐家流亡到此。四川省教育厅厅长是留法归国人员，他喜欢艺术人才，收留了一批音乐家、美术家创办了这所学校。由于这一原因，大多数老师是留法归国人员，而且都是一流的大家。其中不少人还与常书鸿先生同时期留学法国，彼此都很熟悉。

1. 从重庆到敦煌

当时的四川艺专，除了音乐、美术外，还有建筑专业。孙先生就选择了就业面相对宽的建筑专业。艺专毕业时，抗战已经胜利了，孙先生到重庆的一家建筑公司上班。有一天，他收到了还在艺专读书的学妹加恋人罗丽舒发来的电报，大意是："学校里传出一个消息，敦煌艺术研究所常书鸿先生要招一批同学到敦煌工作，其中指定要一个学建筑的，你愿不愿意去？"（第15页）关于敦煌和敦煌艺术，"上学的时候，我听老师约略谈起过敦煌，但根本没有在意；也在成都看过张大千临摹的敦煌壁画展览，对敦煌有一点朦胧的感受"（第16页）。但要到四五千里外的敦煌去工作，家里人还是很担心。他们就去请教艺专建筑系的辜其一教授，据辜先生讲："敦煌是一处规模很大的古迹，有很多壁画、雕塑和古建筑。那里有一个研究所，所长是知名画家常书鸿。你去了以后可以收集一些古建筑资料，也可以学画画。但那里太

孙先生向研究院捐赠聘书，樊锦诗代表研究院接受捐赠

偏僻，可能比较艰苦。"（第16页）正是由于对敦煌的朦胧憧憬，孙先生抱着出去闯荡一番的心态决定去敦煌。

1947年7月31日，孙先生与艺专的同学黄文馥、欧阳琳、薛德嘉三位女同学一起踏上了奔赴敦煌之路。临行前，各家的家人和亲戚朋友都来送行。没想到送行的人中还有李承仙，当汽车开动前她大声说："敦煌见！"孙先生说："我们以为她是说着玩的，到了敦煌才知道，李承仙与常书鸿先生早已有了婚约。"（第19页）

从成都到敦煌基本上是汽车，而且得走走停停，要一段段地找车，有时在某个地方可能会等七八天。正因为这样，他们走了将近一个月才到了敦煌。

孙先生到了敦煌后，与之前已在敦煌的常书鸿、范文藻、段文杰、霍熙亮等先生见面并相识，开始了莫高窟的生活。

2. 研究所的初期生活与工作

到敦煌艺术研究所的最初时期，孙先生除了设计研究所的小型陈列馆和参与修建了职工宿舍外，还根据常所长的安排，进行了洞窟测量工作。1947 年的整个冬天，由于天气寒冷，其他的工作不好开展，就在常书鸿的主持下，对洞窟进行了编号。"以前张大千大概编了 309 个号，我们编到 465 个号。编号牌是我设计的，写在厚纸板上，刻出来再添颜色"（第 46 页）。到了 1948 年春天，孙先生又开始测量莫高窟保留的 5 个早期窟檐。在测量窟檐的同时，他还把窟檐本身以及窟檐上留存的彩画画成图。70 多年过去了，"研究古建筑的学者认为那几张彩绘是比较珍贵的资料。这些窟檐测绘资料及彩绘图，在梁思成先生的著作中也被引用了"（第 46 页）。

当时莫高窟的生活虽然十分艰苦，但"所里同事特别是常先生，对我们这些年轻人非常关照。莫高窟工作人员不多，大家像一家人一样，互相之间没有什么矛盾。我们房间都没生火，天冷了，每到礼拜六晚上，常先生就把我们新来的几个以及段先生、范先生等都叫到他家里，大家围炉谈笑。常先生和李承仙还做些小吃给我们品尝，感觉很温馨"（第 55 页）。

在艰难的环境下，大家也想方设法改善生活，如 1948 年春天，孙先生和段先生合伙买了一头母牛，这样就有牛奶喝了。后来由于莫高窟没有好饲料，再加上每天喂牛很麻烦，他们就将牛卖了又买了羊。

三、敦煌研究院院史的珍贵史料

作为敦煌研究院 70 年发展的见证人，孙先生讲述的一些细小事件，从一个侧面提供了敦煌研究院院史的珍贵史料。

1. 研究所变更管理单位

1945 至 1946 年，曾有撤销敦煌艺术研究所的动议，后在各方面的努力下，由撤销变为改隶，即从教育部管理改为由中央研究院管理后，傅斯年向国民党国防部长陈诚要来了一辆"斯帝派克"的美制十轮大卡车。"常所长有了这辆大车，买了些物资，开始招兵买马。他在重庆招来了郭石清（画家）夫妇、凌春德（雕塑家），在成都招来了四川艺专的霍熙亮、范文藻及漆器工艺教授沈福文夫妇，到兰州后又加入了段文杰，一路浩浩荡荡回到敦煌"（第 67 页）。

2. 政权变更前的经济困境

"1948 年下半年，解放战争进行到决定性阶段，国内经济状况严峻。史苇湘先生这时来到莫高窟，常先生明确告诉他，目前时局紧张，我们的经费很困难，不能正式聘用他，但他可以在这里无偿工作。1948 年，史苇湘在莫高窟无偿工作了几个月，到了

1949年还是给他解决了工作问题，因为常先生看到史先生的工作能力还是很强的"（第59页）。关于史苇湘先生1948年到莫高窟工作遇到的这种尴尬境况，以前还没有见到过记述。

　　莫高窟虽然在偏远的西北边陲，交通又非常不便，但政权变更的脚步还是影响到了敦煌。当时敦煌艺术研究所的工作人员是一年一聘，1948年秋天，与孙先生同来的薛德嘉离开敦煌回四川了，后来才知道她当年没有收到聘书；1948年，重庆人周星祥向常先生申请自费来莫高窟临摹壁画。由于研究所提出的条件比较苛刻，"他在莫高窟工作了一年，很艰难地临摹了几幅画，也回四川了"（第59页）。在这种背景下，孙先生也决定与范文藻

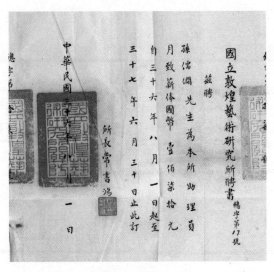

孙儒僩先生聘书（1）

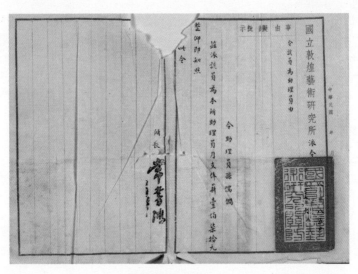

孙儒僩先生聘书（2）

孙儒僩先生聘书（3）

一起回四川，但家里汇给他的路费却由于阴差阳错地写错了地址而被退回，这样只有范文藻一个人回去了。美术人员萧克剑也回了临洮老家。一些家在敦煌的工人走了，窦占彪也走了（窦占彪后来很快又回到了敦煌文物研究所）。

3. 政权变更后的接管

1949 年 8 月 26 日，兰州解放，国民党的残兵败将和一些机构撤退到了河西走廊，敦煌由新疆警备司令陶峙岳部的一个警备营驻守。9 月 25 日，"陶峙岳通电起义，新到任敦煌的正副县长私自潜逃，由驻防敦煌的警备营受命维持治安"（第 73 页）。9 月 28 日，解放军在敦煌召开群众大会，宣布敦煌和平解放。"大概是 10 月 5 日，解放军独立团召开庆功大会，常所长被邀请到部队大门前操场上的主席台就座，到场的还有敦煌名人吕锺，支前委员会主任等。段文杰、史苇湘、欧阳琳、黄文馥和我在主席台下就座，操场上一边坐着独立团的战士，一边是敦煌警备营的士兵"（第 76 页）。

敦煌解放后，"虽然地县党委对我们十分关照，但在关系上却不能直接挂钩……研究所的归属、生活待遇、人员安排、业务方向等都不明确，也不知道向哪里去打听，大家都在等待"（第 79 页）。"8 月 22 日下午，西北军政委员会文化部文物处赵望云、张明坦两位处长代表中央文化部来敦煌接管敦煌艺术研究所，省里陪同前来的有文教厅文管会主任何洛夫和酒泉专员公署王鸿鼎科长……8 月 23 日下午及晚上正式召开全体工作人员会议，赵望

作者（左）与常书鸿先生长女常沙娜（左3）、孙儒僩（左4）、李其琼（左5）、张先堂（左2）、杨秀清（右1）在常书鸿工作室前（摄于2004年8月）

云、张明坦二位宣布他们代表中央文化部正式来这里办理接管工作，并对全体人员表示慰问，宣布从1950年8月1日起'国立敦煌艺术研究所'更名为'敦煌文物研究所'，为文化部文物事业管理局的直属单位，常书鸿继任所长"。张明坦处长说："这次到敦煌来，主要目的是看望和慰问大家，接管不过是补办一个手续。实际上，从敦煌解放那天起，地方党政领导一直就在领导你们关心你们。"（第83—84页）

　　"8月25日，接管的主要程序基本完成，下午就开了庆祝大会……接管工作到8月底就算是结束了，常所长随接管组去西安参加西北第一次文代会。接管组的意见是：研究所今后暂设美术组、石窟保护组、总务组"（第87页）。敦煌文物研究所"是部属单位，现在应该由国家文化部管理，但是中华人民共和国的行政体制是在西安设有西北军政委员会，下设文化部，考虑到管理的方便，就由西北文化部代表国家文化部代管敦煌文物研究所"（第90页）。

4. 由国家下放到省上

"1959年，敦煌文物研究所下放到甘肃省文化局管理。我在省文化局看过下放协议，即国家文物局给甘肃省文化厅下放敦煌文物研究所的管理协议书，规定得很清楚：每年保证敦煌文物研究所有多少经费，有哪些事情须转报国家文物局，等等。我们先把报告报到文化局，文化局将其转到国家文物局，国家文物局也决定不了，就报到了文化部"（第139页）。

从国家部委管理变更为各省市区的工作，开始于1958年，如西北师范学院也是1958年由教育部管理变更为甘肃省管理，并改名为甘肃师范大学。由文化部管理的文博单位下放地方管理的工作开始于1958年。1958年8月7日，文化部向甘肃省人民委员会和江苏、湖北、四川、辽宁、黑龙江省发送了"中华人民共和国文化部函送文化部移交单位的协议书（阜案），请提出意见答复"的函件："根据中央批准的'文化部关于进一步改进文化工作管理体制的请示报告'，文化部应将在各省市的直属文化事业企业单位全部交由当地政府管理。"其中移交甘肃省的只有敦煌文物研究所，并要求15日前给予答复，以便签订正式协议，并按协议书办理交接手续。孙先生看到的应该就是最后签订的协议书。

8月11日甘肃省接到此函后，即作为"急速件"处理，由甘肃省人民委员会办公厅拟议："即转请文化局（请与宣传部研究后，提出意见，以便复文化部）。"接到办公厅转来的函件后，"八月十二日下午，由（中共甘肃省委宣传部）阮（迪民）部长主持同常书鸿进行了会谈，同意本文件所提出的办法"。经过相关的程序，敦煌文物研究所于1959年由国家文化部交到甘肃省文化局管理。

5. 常先生任兰州艺术学院院长

1960年，"常书鸿是兰州艺术学院的院长兼敦煌文物研究所所长，他不在的时候是李承仙负责所里的工作"（第135页）。"1961年冬天，兰州艺术学院被撤销了，常所长是兰州艺术学院的院长，有些人就随常先生调到敦煌文物研究所了。最早到来的是施萍婷，稍后是贺世哲，还有潘玉闪、刘忠贵"（第146页）。

施萍婷和贺世哲先生于1956年考入兰州大学历史系。在1958年的"教育革命"中，兰州大学撤销了文科的历史、中文等系，1959年春天，兰州大学历史系老师合并到了甘肃师范大学。历史系学生施萍婷和贺世哲等也于1959年并入甘肃师范大学，1960年在甘肃师范大学历史系毕业后分配到兰州艺术学院。

1958年，由西北师范学院艺术系、兰州大学中文系（部分）和甘肃省文化艺术干部学校合并，组建兰州艺术学院。1959年8

月 18 日经省委常委会讨论，常书鸿先生兼任兰州艺术学院院长。1961 年后期，已经决定撤销兰州艺术学院，由于兰州艺术学院的院长是常书鸿先生，所以施萍婷先生于 1961 年从兰州艺术学院调入敦煌文物研究所，随后，贺世哲先生也调入敦煌文物研究所。1962 年 7 月 12 日，甘肃省委决定，常书鸿兼任甘肃省文联主任，免去其原兰州艺术学院院长职务。

四、丰富了敦煌学学术史的内容

孙先生的口述，还提供了一些敦煌艺术研究所和敦煌文物研究所时期学术活动的珍贵史料，有些是我们以前似乎知道又比较模糊的，如永靖炳灵寺和天水麦积山的调研考察，孙先生曾有《甘肃石窟考察杂记——我参加过的几次石窟考察》，记述了他参加炳灵寺、麦积山、安西榆林窟和武威天梯山的考察经历。但在这本口述史中，仍然提供了一些细节。

1. 考察炳灵寺石窟

"1949 年之前，炳灵寺石窟是被人遗忘的瑰宝。1951 年冯国瑞先生调查了炳灵寺和麦积山石窟并撰文做了报道，强调炳灵寺既没人做过调查，也无人管理，引起了文化部文物局的重视。1952 年，文化部将中央美术学院、西北军政委员会文化部、敦煌文物研究所三家单位组成炳灵寺石窟考察团，人员中有中央美术学院的吴作人、肖淑芳、李可染、李瑞年、张仃、夏同光；西北文化部的赵望云、范文藻；敦煌文物研究所的常书鸿、段文杰、孙儒僩、窦占彪；甘肃省文教厅的冯国瑞、曹陇丁。团长为赵望云，副团长为吴作人、常书鸿。大家紧张地工作了近10天，分别开展了石窟内容调查、历史和艺术分析、壁画临摹、摄影、测绘等多项工作。集中这么多大画家、这么全面地考察一处石窟，据我所知还是第一次"（第101页）。"结束炳灵寺的考察之后，大概是冯国瑞先生和赵望云处长、常书鸿所长商量，决定利用考察炳灵寺的人力趁热打铁，紧接着考察天水麦积山……参加麦积山考察工作的人员有西北文化部文物处的范文藻，省文教厅的冯国瑞，敦煌文物研究所的常书鸿、段文杰、史苇湘、王去非、窦占彪、孙儒僩等人"（第106页）。

由于孙先生长期在莫高窟生活，对敦煌石窟非常熟悉，也到各地考察过其他的石窟，而且他在考察其他石窟时，往往能举一反三，将其与敦煌或中原艺术进行比较。所以，他不经意的几句话，可能会给我们带来许多思考。如考察麦积山后说"天水临近中原，直接受中原和南朝文化的影响，造就了这所不朽的艺术殿堂"（第110页）；河北磁县的北齐"响堂山石窟是鲜卑族人高氏所建，但继承的是中原文化的优秀传统。中原文化确实优秀，莫高窟除了一些个别的洞窟，大部分洞窟是一般的，毕竟敦煌石窟文化的根在中原"（第248页）；山西的一些古建筑，屋顶使用琉璃瓦，"莫高窟中唐第158窟壁画建筑有几种不同的瓦，几种不同的颜色，说明唐代已经有了琉璃瓦，而且还铺成一定的花纹。莫高窟唐代壁画一般是绿色的房脊、灰色的瓦面。灰色的瓦面可能就是普通的瓦，绿色的就是琉璃瓦"（第249页）。

2. 莫高窟的加固工程

关于莫高窟的加固工程，常书鸿先生在《九十春秋——敦煌五十年》曾有简单记述，即常所长于1962年初向中央文化部写了加强保护敦煌石窟的报告，"这个报告受到中央重视，于是年8月间中央文化部派了一个由徐平羽副部长为首的工作组……来莫高窟进行现场工作"。根据工程需要，"我们打报告报了15万元。这么一笔巨款的申报，中央工作组回到北京在国务会议上汇报以后，立即得到周恩来总理的同意并批准了巨额专款进行全面维修工程"，但没有具体的细节。段文杰先生的记述更加笼统："1963到1965年，在国务院总理周恩来的亲自过问下，政府拨款100万元，请铁道部的工程队对莫高窟长达576米含354个洞窟的南区北段洞窟崖体实施了加固工程。"（《敦煌之梦》第34页）

孙先生是莫高窟加固工程的当事人和见证人，许多事情就是他具体经办的，所以其记述更加具体，也更具权威性。"1962年8月底，文化部副部长徐平羽带着一大批专家来莫高窟考察。专家队伍里有雕塑家刘开渠，雕塑家、文艺理论家士朝闻，古建筑专家陈明达，治沙专家李明刚，地理学家赵松乔，文物保护专家胡继高……徐部长觉得应该先加固石窟，把治沙留到后面，石窟加固了，流沙对石窟的影响就会小一些。他做出决定后，给甘肃省委书记汪峰打电话，请省里派工程专家到莫高窟来勘察。省里很快派出铁道部兰州第一设计院地质处总工程师和桥隧处工程师到莫高窟，由我带他们二人去洞子勘察……勘察后，徐部长说：'国家现在经济还十分困难，就给十几万块钱，加固一部分危险石窟。'徐部长回去后，很快跟铁道部部长吕正操联系，吕部长给兰州铁道部第一设计院下达了承担勘察的任务"（第140—141页）。

"1962年是三年困难时期，国家对铁道设计院投资很少，但铁道设计院派出了120多人的勘测队伍"（第149页）。他们于11月到达莫高窟，开始地质钻探和地质测量等前期工作。1963年6月，"施工队伍进入莫高窟施工现场，承担施工任务的是铁道部西北铁路工程局（驻乌鲁木齐）哈密第一工程处。铁道部是半军事化组织，工作任务是以命令的形式下达的。这次下发的命令很严肃：莫高窟加固工程是一项政治任务，希望组织一个技术和政治过硬的队伍到莫高窟来"（第150页）。

"工程办公室的总负责人是常书鸿所长，他兼任甘肃省文联主席，但在工程加固期间待在敦煌的时间比较多，我是作为甲方的代表……整个工程经费是与敦煌文物研究所脱钩的。另外，文化部派来了余鸣谦作为监理工程师，他所在的单位是文物保护研究所（现在的文化遗产研究院），也就是说，工程的监理、工程决算的审查、经费的开支都要经过监理工程师"（第151页）。

"国家经济困难，文化部徐平羽副部长口头说对第一期工程先定个15万元的预算，但正式预算是75万元，是之前预估的5倍，国务院还是批了。第二期比预估的又差了20多万元，最后是90

多万元……从 1963 年 6 月开始施工，到 1966 年 7 月基本结束，不包括前期的勘测和设计，加固工程持续了三年多"（第 154 页）。

3. 研究所的学术活动

关于 20 世纪 60 年代敦煌文物研究所的学术活动，我们都知道北京大学宿白先生在敦煌的学术讲座及其《敦煌七讲》，但对宿白为什么来敦煌讲座的背景却不知道，以前曾对此有所记述的段文杰、贺世哲、姜伯勤、樊锦诗等先生，都对此没有涉及。读了孙先生的口述史，才知道也与文化部徐平羽副部长有关。

"徐部长在莫高窟考察期间，业务人员反映'莫高窟地处偏远，环境闭塞，交通不便，资料缺乏，对开展学术研究十分不利，与外部的学术交流活动很少，研究工作上不去'。徐部长对此非常重视。经文化部联系推荐，有几个文物界的专家来莫高窟进行学术交流。1962 年，考古专家、南京博物院院长曾昭燏来莫高窟进行学术交流。1962 年，陕西省博物馆馆长，在国家文物局专家罗哲文（古建筑专家）陪同下前来讲学。后来，北京大学考古专家宿白来莫高窟，把他的研究成果做了系统的学术报告，包含七个方面的内容，用时比较长。敦煌文物研究所有关人员把这七次报告整理成文字资料，叫'敦煌七讲'，为我们打开了学术研究的大门。这些都是徐平羽副部长为我们解决的问题"（第 141—142 页）。

4. 敦煌壁画颜料的探索

关于敦煌壁画的变色问题，据常书鸿先生记述，方毅视察敦煌时，他向方毅副总理汇报了壁画的变色情况，认为"首先应了解壁画原来所用的颜色，再研究壁画变色的过程，进一步经过科学的论证，使壁画能复原到当年绘制时的光辉面目。方毅副总理认为，现今兰州科学院涂料研究所有条件开展此项研究"（《九十春秋》第 155 页）。

孙先生则主要讲述了壁画颜料的问题。1980 年，国务院副总理兼科委主任方毅来敦煌文物研究所视察，并委托甘肃省科委关注敦煌文物研究所的科研工作，特别是关于壁画、塑像保护的科研工作。正是因为如此，从 1981 年开始，敦煌文物研究所与化工部的涂料研究所合作，对壁画颜料的种类进行分析，想找到壁画变色的原因。"实际上，敦煌壁画的颜料种类并不是很多，但是经过画家的巧妙调和，得以绘制成绚丽多姿的壁画。涂料所的分析基本上弄清楚了变色的颜料——大多是铅白颜料。中国古代的炼丹术产生了铅白和铅丹，可以成为白色，也可以成为朱红色。铅丹是人工冶炼的颜料，提炼比较容易，比朱砂便宜得多，所以在洞窟上大量使用。但是对于铅白，古代的画家都知道要返铅，即从白色变成黑色。铅丹从红色变成棕色，进一步变色就变成了黑色。洞子上有些壁画变色严重，模糊不清，就是铅颜料造成的。铅颜料与别的颜料混合后也变色"（第 211 页）。

5. 中央经费的下拨

关于邓小平同志视察敦煌和对研究所的经费支持，段文杰先生曾有记述：1981 年 8 月 8 日，邓小平视察莫高窟，同行的有

王任重、王震、肖华、冯纪新等领导。当段文杰向小平同志汇报
工作中谈到研究所所需要建办公楼和改善职工生活条件时，小平
同志问："办这些事需要多少钱？"段先生回答说："最少得
三百万。"邓小平就向王任重说："你给他们解决一下吧！"（《敦
煌之梦》第59页）后来中央相关部门按照邓小平的指示，给敦
煌拨了300万元。其中的拨款过程恰好孙先生参与了，"那年秋天，
我正好出差去兰州，住在文化厅招待所。文物处打电话对我说：
'有个好事情，中央已经决定给你们一笔钱，但是先要写个报告，
说明为什么要进行扩建。'文物处处长是（敦煌文物研究所）原
革委会主任钟圣祖，他对我说：'老孙，你赶快写，就半个钟头，
马上要报上去，今天必须报上去。'我坐在他的办公桌前，快速
草拟了有关扩建原因的文稿。中央很快批了300万元基建费"（第
213—214页）。

从孙先生的口述可知，根据上级的安排意见，甘肃省文物局
向国家文物局提交了报告，国家文物局在此基础上向国家相关部
门上报了《关于敦煌文物研究所几个问题的请示》。10月10日，
王任重同志在请示报告上批示："拟同意文物局的报告，修建费
问题，我只根据小平同志的交待，当面向□□、万里同志汇报过。
你们如同意，请万里同志批示。"正是因为有邓小平同志的指
示，王任重的批示又很具体，所以"十一月全国计划会议期间，
经国务院批准，国家计委、建委在'部商项目'中同意给敦煌拨
三百万元的基建费，主要用于改善敦煌文研所工作条件和职工生

活条件方面。一九八二年先拨一百万元，两三年内拨清"。（甘档093-003-0167-0013）当11月全国计划会议批准给敦煌的经费时，已经到了年底，经费的筹措比较困难了，就先拨了100万元。为此，还引起了常书鸿先生的误会，以为300万元全部拨了，"甘肃省挪用了一批，没有全部给敦煌"。

孙儒僩先生的口述《菩提树下》，虽然字数不多，内容也比较庞杂，似乎没有系统性。但通过字里行间的描述，可以发现有许多敦煌研究院院史和当代中国敦煌学学术史的重要信息，值得重视。另外，孙先生的口述比较真实、客观、具体，达到了回忆录、自传或口述史的最基本准则，即"别人看了不摇头，自己看了不脸红"。

2021 年 1 月 5 日初稿

2021 年 1 月 17 日修改

张鸿勋先生与敦煌俗文学研究

　　著名敦煌文学研究专家、天水师范学院张鸿勋教授于 2016 年 9 月 15 日（中秋节）00：17 分在天水逝世，享年 82 岁。

　　中秋节的前一天晚上，朋友们在微信和短信上互发祝贺节日的信息，我曾想给张鸿勋先生打电话祝贺节日并问安，但想到张先生年龄大了，身体又不好，休息得比较早，就没有打扰，想中秋节的早上再打电话。

　　中秋节早上起来打开手机，收到的第一条信息就是张先生逝世的噩耗，我实在不敢相信，心情也无法平静，一直呆坐着，与张先生交往的情景一幕幕在脑海中涌现。10 点钟，给张师母打电话，张师母告诉了具体情况和安排，并一再叮嘱不要声张，也不让我去天水，因张先生有遗嘱：丧事从简，尽量不要打扰别人，就是在西安的亲戚也不通知。

　　张先生去世后，我就提笔要写点什么，但不知道从哪里着笔。中间也有过几次写作的冲动，都由于思绪不清楚而未能下笔。现将我所了解的张先生写出来，以纪念他逝世三周年。

一

张先生是著名的敦煌学家，他在敦煌文学尤其是敦煌俗文学研究方面成绩卓著，取得了丰硕的成果，是他那个时代敦煌文学研究的代表人物。

我和张先生第一次见面，是在1983年的中国敦煌吐鲁番学会成立大会和学术讨论会上，但那次会议期间，基本上没有单独接触过，后来由于我参加中国敦煌吐鲁番学会语言文学分会的相关活动，并参与了《敦煌文学》和《敦煌文学概论》的编写，就与张先生慢慢熟悉了。

由于当时张先生是天水师专的副校长，又是甘肃省著名的社科专家，特别是在甘肃省教委（教育厅）享有崇高的地位，甘肃省教委系统的许多评审如社科奖、教学奖、教材和职称评审等，大多数情况下张先生都会参加并多次出任组长。当然，这里面还有一个原因，就是为了兰州大学和西北师范大学的平衡，只好找一位非兰大和师大，既有学术地位，又为人正派、公正的学者担任组长。由于张先生担任组长，就常常来兰州参加会议，而省教委的评审会一般都安排在西北师范大学。

当张先生来兰州入住西北师范大学专家楼后，在开会的前后或间隙，一般都会来我家坐坐，我们聊学术，互通信息。有时还会借我的书刊去复印（当然，一般我都是按张先生的需要复印好）。张先生毕业于兰州大学中文系，在兰州有好多同学，在西北师范大学中文系就有两位，可能是为了避免人事方面的纠葛，他一般不去打扰，而我是晚辈，又非同一专业，就没有这些顾虑。当时大家的生活条件比较差，家里都无法洗澡，而学校的集体澡堂都是定期定时开放，时间有限人又很多。正因为如此，如果没有特殊的情况，张先生都会请我们一家晚上去他的房间洗澡。

　　张先生虽然是著名的专家，又是副局（地）级的学校领导，但他确实没有官员的派头或架子。他到兰州参加省教委的会议时，从来不坐小车来，都是从天水坐火车来；从火车站到师大或从师大到火车站也都是坐公交车，他经常提前两个多小时就从师大出发去车站。张先生是全国知名的敦煌俗文学研究专家，但其所在的单位既不是重要的科研院所，也不是著名的高校，又不在省会，再加上八九十年代科研经费比较紧张等各方面的原因，在学术交流和联系方面还是受到了很多局限，外出参加学术会议的机会比较少，与学术界的联系也不是很多，而他又不愿意给别人添麻烦，所以他的学术论文绝大部分都发表在甘肃的刊物上，除了在台湾林聪明主编的《敦煌学导论丛刊》出版《敦煌话本、词义、俗赋导论》、在《敦煌丛刊二集》中出版《敦煌讲唱文学概论》两本书外，他的《敦煌讲唱文学作品选注》《说唱艺术的奇葩：敦煌变文选评》《敦煌俗文学研究》都是在甘肃的出版社出版的。而张先生又是一位在国内敦煌学界有影响的专家，他也特别希望自

《敦煌说唱文学概论》封面

己的论文能在甘肃以外的刊物发表。当我在南京师范大学主持《南京师大学报·敦煌学研究》专栏时，就发表了两篇张先生的论文，而且我还请时任河北省社会科学院副院长的孙继民先生推荐，在《河北学刊》上发表了一篇张先生的论文。

2012 年前后，张先生想将他《敦煌俗文学研究》以外从跨文化角度研究敦煌俗文学的论文结集，特别希望在全国有影响的出版社出版，哪怕自己开口向学校申请出版补助也行。张先生给我谈了想法后，我就与上海古籍出版社的吕瑞锋君联系，得到瑞锋君的初步同意后，就请张先生整理了文集拟收篇目和内容提要。随后，张先生就寄来了《长安与敦煌：跨文化视野下的俗文学论丛》的大纲，共收论文 17 篇，20 余万字，出版社审阅后同意出版。为了全面反映张先生从跨文化角度研究敦煌俗文学的成绩，我与张先生商量，又从《敦煌俗文学研究》中选了 4 篇，并加了在《甘肃文史》上发表的一篇，编为《跨文化视野下的敦煌俗文学》。

当张先生交稿后，我们就谈到了出版经费问题，我也知道张先生的性格，他当了多年的副校长，从来没有以副校长的身份为自己办过任何事情。当时他已年近八十，退休多年了，校领导都是晚辈，大多数也是从兰州调来的，以前并不认识，所以不到万不得已他是不愿意向校领导张嘴的。我将此情况给吕瑞锋说后，瑞锋君也充分理解，经他联系协调，将此书纳入了兰州大学的"当代敦煌学者自选集"。这样，张先生就不用向学校领导申请出版经费了，也了却了他的一个心愿。这就是上海古籍出版社于 2014

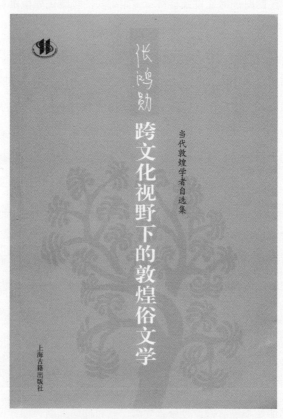

《张鸿勋跨文化视野下的敦煌俗文学》封面

年出版的《张鸿勋跨文化视野下的敦煌俗文学》一书。

2015 年，我在参与主编《浙江学者丝路敦煌学术书系》时，要求每位作者写一篇学术史的研究历程置于书前，并想以后单独成书。为了尝试此项工作，为敦煌学学术史积累更多的资料，我想个人的学术史可以突破"浙江学者"的范围，就请张先生将自己的研究历程写出来，这就有了《社会科学战线》2016 年第 3 期上的一组学术史文章：张涌泉《走近敦煌》、齐陈骏《回望丝绸之路与敦煌学研究》、张鸿勋《敦煌俗文学研究之路》。这应该是张先生生前公开发表的最后一篇学术文章。

张先生去世时，恰值中秋假期，而张先生退休多年，两个孩子又在西安，单位的年轻人对他不熟悉。我就设法与天水师范学院联系，公布了单位的邮箱和电话，以便接收唁电、唁函和电话询问。同时第一时间将此信息告知了中国敦煌吐鲁番学会、敦煌研究院、甘肃省敦煌学学会等同仁，也以我个人的名义并代表浙江省敦煌学与丝绸之路研究会发了唁电。中华书局程毅中先生写了《悼念张鸿勋先生》的挽诗："敦煌学界最知音，相应同声论变文。千里婵娟今夜月，无从共照念斯人。"中国敦煌吐鲁番学会前副会长兼秘书长柴剑虹先生写了《悼鸿勋》的挽诗："丙申中秋晨，传来张鸿勋教授在天水逝世噩耗，不胜悲悼之际，谨以此小诗奉献于鸿勋灵前。鸿勋吾挚友，仙逝在中秋。天水川呜咽，麦积山垂首。治学最勤勉，朴实无他求。研治俗文学，堪与大师俦。晚年病体弱，笔耕犹未休。而今骑鹤去，遗著世长留！"

二

　　张鸿勋先生出生于 1935 年，1955 年考入兰州大学中文系，1959 年大学毕业后分配到刚成立不久的天水师范专科学校（今天水师范学院），直到 2005 年退休。

　　张先生接触敦煌学是比较早的。他在西安上中学时，就对《三国演义》《水浒传》《西游记》等章回小说感兴趣，还在旧书店里买了早年商务印书馆的《万有文库》中的小册子，其中就有王国维的《敦煌发见唐朝之通俗诗与通俗小说》，这是张先生"认识敦煌俗文学的第一课"。

　　读大学后，张先生的兴趣是宋元话本，他"曾用很多精力搜集材料，准备编写一部《宋元话本小说叙录》之类的东西，拟将现存的几部话本和拟话本集，如《清平山堂话本》《京本通俗小说》《三言》《二拍》等，逐篇考索诸家之著录、版本之异同、编写之时代、体制之特点、故事之演变、于后世小说戏曲之影响等等"（张鸿勋《在探索的路上》，载《文史知识》1988 年第 12 期）。后来看了敦煌文献中的《秦妇吟》《季布歌》《唐太宗入冥事》等，"为我探讨话本小说的源头找到了答案"，更明白了"敦煌俗文学在我国小说发展史中，就具有了特殊地位和价值，于是我的注意力，也就从宋元以来的话本小说，转移到了敦煌俗文学上"。（张鸿勋《敦煌俗文学研究之路》）

　　大学三年级时，张鸿勋就在《文学遗产增刊》第 6 辑上发表了《试论〈金瓶梅〉的作者、时代、取材》的学术论文。一个大学在读的本科生能在国家最高水平的刊物上发表论文，一方面说明当时社会的风尚比较纯正，另一方面说明张鸿勋的论文确实有新的见解。因为在1924—1978年间，关于《金瓶梅》作者的研究只有9篇文章，其中就包括张鸿勋的这篇论文。张鸿勋指出："《金瓶梅》的作者是笑笑生，而不是王世贞。"张鸿勋对《金瓶梅》作者兰陵笑笑生的追问，"自此成为很长一段时间内研究作者的学人们努力的方向"（许建平《〈金瓶梅〉作者研究八十年》，载《河北学刊》2004年第1期）。

张鸿勋到天水师专工作后，经过几年认真的读书、思考、写作，正该多出成果时，"文革"爆发了，一切都被打乱了，学术研究当然也就停止了。当"科学的春天"到来时，张鸿勋的学术积累一下就迸发了出来，在甘肃省社会科学院主办的《社会科学》①1980年第1期发表了《简论敦煌民间词文和故事赋》，在该刊1980年第4期上又发表了《敦煌发现的话本一瞥》。在《飞天》1981年第1、2期上连载了《瑰丽新颖　多彩多姿：敦煌民间文学漫谈》。同时还在《关陇文学论丛》上发表了《〈游仙窟〉与敦煌民间文学》

---

① 甘肃省社会科学院主办的院刊《社会科学》创刊于1980年，创刊初期是季刊，后改为双月刊。由于上海市的《社会科学》申请了专有商标，甘肃的《社会科学》不得已于1991年改名为《甘肃社会科学》。同样的情况，甘肃的《读者文摘》创刊于1981年，后由于美国的《读者文摘》申请了专有商标，《读者文摘》不得已于1993年7月改为《读者》。1993年7月号，由《读者文摘》改名而来的《读者》，刊发了一则特别的卷首语："从本期开始，《读者文摘》正式更名为《读者》。《读者文摘》的事业，在出刊143期后，将由《读者》来继续。……《读者文摘》开始进入《读者》时代。"

《敦煌讲唱文学作品故事流变考略》，在《敦煌学辑刊》上发表
了《敦煌讲唱技艺搬演考略》，尤其是在《文学遗产》1982年第
2期上发表了《敦煌讲唱文学的体制及类型初探：兼谈几部文学
史的有关提法》，在《学林漫录》第11辑发表了《谈敦煌本〈启
颜录〉》，从而奠定了他在敦煌文学界的学术地位，尤其是在敦
煌俗文学研究方面站在了学术的制高点上。

　　虽然张先生的学术积累比较深厚，但他深知自己所处的地理
和学术环境，"由于我偏处西北一隅，远离学术资料中心，看卷子、
查资料都很困难，要直接阅读遗书（哪怕是缩微胶片），极为不
易"。当国家实行改革开放的政策后，为了有更好的环境专心研
究敦煌文学，张先生就想离开生活条件比较舒适的天水，拟调到
生活条件比较艰苦、但科研条件较好的敦煌文物研究所，就向段

天水师范学院校园内的张鸿勋先生塑像

文杰所长写信谈了自己的想法。段文杰先生于 1979 年 4 月 27 日给张鸿勋回信说："你的信收到很久了，由于工作较忙没有及时复信，我曾托李永宁同志向你致意。你是有志于敦煌文学研究的人，这样的人我们非常欢迎，所以我们很想你到所里来工作，把敦煌遗书的研究工作搞起来……我们最近正在编《敦煌研究》第一期，准备在明年三四月见刊，第二期预计在明年国庆节见刊。明年先出两期作为试刊，以后可能改为定期刊。希望你给我们撰稿……日本搞了个'敦煌'讲座，共出十三卷，已出三卷，都是一寸厚的精装本，其中第十一卷就是敦煌文学。日本人在向我们示威，我们应该给他们以响亮的回答。所以希望你多写一点文章，我们的刊物可以发表。"虽然由于分属不同的系统管理，张先生的这次调动未能成功，但与敦煌文物研究所有了更多的接触和了

张鸿勋与刘进宝、伏俊琏在兰州参加学术会议（2008年8月23日）

解，并应段文杰先生之邀，在《敦煌研究》试刊第二期上发表了《敦煌讲唱文学韵例初探》。

1982 年七八月间，敦煌文学研究座谈会在兰州、敦煌召开，这是新时期敦煌学界的第一次学术会议，张鸿勋先生应邀与会，提交了《敦煌话本〈叶净能诗〉考辩》的论文，更重要的是与段文杰、关德栋、刘铭恕、程毅中、项楚、张锡厚、柴剑虹、李永宁、颜廷亮等学者建立了联系。1983 年 8 月，又应邀参加了在兰州举行的中国敦煌吐鲁番学会成立大会和 1983 年全国敦煌学术讨论会，提交了《敦煌写本〈下女夫词〉新探》的论文，与学术界的联系更为广泛。据张先生自述：这两次重要的学术会议，"面聆了许多前辈学者的风范和教诲，结识了包括台湾及海外专家学者在内的一些新朋友，在交往切磋中获得不少教益，也更激发了我从事敦煌俗文学研究的热情"。

1983 年 8 月，张鸿勋先生 48 岁时被任命为天水师范专科学校的副校长，是当时干部知识化、年轻化的体现，任命前他并不知道，任命后他感觉自己不合适，也曾向上级机关和领导提出辞职，但这显然是不可能的。

中国敦煌吐鲁番学会成立后，全国掀起了敦煌学的热潮，甘肃省委也筹划将敦煌文物研究所升格为敦煌研究院，并在兰州建立科研、生活基地。张先生得知这一信息后，认为有了辞去职务的理由和调往敦煌的机会，就于 1984 年 1 月 10 日给段文杰所长写信谈了自己的想法和研究计划。

段先生鉴：

　　您好。

　　兰州之会，匆匆未及向先生详谈，深以为憾。但先生对我的嘉披厚爱，我是时时铭刻在心的。回校后，为日常琐务缠身，更不愿以区区小事干扰先生，所以没有给您去信，尚祈先生鉴谅。

　　阅报，知敦煌研究院即将成立，这确是我国敦煌学研究事业中一件划时代之大事，亦为先生孜矻献身数十年理想之实现，令人感奋。同时报载先生为院筹建负责人之一——今后诸事多需先生经之营之，当更忙了。此院成立，除党政人员外，研究人员自以贵所诸贤为基础了，但或亦需增加些新人，我虽能薄材谫，昧厥所由，但亦有志于敦煌文学之研究，愿借建设之机，追附骥尾，以献樗薪之力，不知得蒙先生俯允否？

　　当然，我也知道现在我的工作使我调动一下困难很多，但研究敦煌文学为我之夙愿，且已在这方面起步，而副校长者并非我之长，适宜于此职者大有人在，何况党内还有这样的精神：选拔知识分子做领导工作应具体情况具体分析，要用其所长。有行政能力又有实际工作经验的，可选拔到各级领导岗位上来，那些在某一技术业务上有专长，而缺少领导工作经验的，就不要勉强他们当行政领导。我虽无专长，但不宜于当行政领导则无疑。

我也给省教育厅管干部的陶君廉副厅长、省委宣传部原吴坚、于忠正部长，现任王殿华副部长去信或面谈过此事，他们都答应在适当时候考虑我的要求，研究院的成立，应是我再次提出请求的机会，我除向他们再去信外，不揣冒昧也向先生一陈此意，愿借先生鼎力，在研究调配人员时，玉成此事，则不胜感激之至。我想，天水师专教工二百多人，可任校长者多多，而研究敦煌文学者，却非一蹴可就；我若能到院专心一意搞此项研究，期以一年，即可将已成之拙稿《敦煌讲唱文学研究》四十余万字，《敦煌讲唱文学作品选注》约三十万字拿出，于国、于省、于院总不是坏事，主事者当可体察此愿，且我之调动，不出省，仍为甘肃工作，不违背省人事调动规定之原则，应该能考虑考虑吧。

我虽与先生见面通信多次，但我的详情从未向先生谈过，为供先生了解，另纸附上简历一份，余不尽陈，即请

著安

张鸿勋上

从此信可知，张先生想调到敦煌研究院专心从事研究工作的心情是多么的迫切，为此，他拟辞去副局（地）级的天水师范专科学校副校长，专心从事敦煌文学研究。

段文杰所长于 3 月 28 日给张鸿勋的回信说：

张鸿勋同志：

　　你的信收到已久，我曾托李永宁同志给你写信，想已收到。

　　你来敦所事，我们当然欢迎。最近刘冰书记来所视察工作，我当面向他提出调你来所问题，刘书记当面答应，并说现在就可以调，本省的尽快调。昨天，刘冰书记的秘书电话告知，他已将报教育厅的函交给教育厅，要教育厅给天水师专发出，准予调动。我想问题不大。我准备过几天去兰州，再找一下教育厅，促其早日发函。

　　现在先到敦煌，兰州基建完成后再迁兰州。

　　今年准备再进十几个专业人员。再谈。

即颂

教安！

　　　　　　　　　　　　　　　　　　段文杰匆草

　　虽然段先生希望调张鸿勋先生来敦煌从事专业研究，也做了种种努力，但由于各种原因，当然主要是张鸿勋先生是天水师专的副校长，是省管干部，他的调动任何个人可能都无法决定，要经过省委常委会，所以未能成功。

　　后来，张先生又提出了辞去副校长的职务，此信息传到敦煌后，李永宁先生于1986年3月1日给张先生写信说："听说兄致力于挂冠，不知结果如何。若挂冠，是否可来院工作？若兄愿来，我想给段提出，先不转户口，只转党政关系。兄来敦煌，嫂侄等留天水，待搬兰州后，再调嫂侄。如何？当然，乌纱摞不掉，都是空话了。"在此信的后面，李永宁先生又单独写了几句："来院搞研究问题，望兄一定考虑。若可能，迫望兄来。"

虽然李永宁也希望张鸿勋辞去副校长的职务到敦煌研究院专门从事学术研究，但在这个体制内，想当官当然不容易，而想辞官可能更不容易。个中滋味，只有内中人才能体悟。

1991年5月，张先生干完两届副校长后退下来了。张先生虽然不当副校长了，但由于在敦煌俗文学研究方面成就卓著，也曾有过调到西北师范大学的机会。1994年前后，当时西北师范大学的党委书记兼校长王福成教授因对张先生比较了解，也是爱才心切，想将张先生调来师大，并给了张先生干部调动申请表。张先生拿到表格后，专门找我谈了此事，我当然积极赞同也鼓动他调过来。但他考虑了各种因素后，还是谢绝了王福成校长的好意，没有填写调动表。

三

张先生的敦煌文学研究起步早，起点高，早在中学、大学时代就打下了比较坚实的基础。大学三年级时，就在《文学遗产增刊》

发表了学术论文，20世纪80年代初又在《文学遗产》《学林漫录》上发表了论文。后来还参与了周绍良先生主编的《敦煌文学作品选》，跻身于一流敦煌文学研究者的行列。

早在1983年中国敦煌吐鲁番学会成立前，在敦煌学研究还没有成为热潮前夕，张先生就站在了学科的前沿，完成了体系完备的《敦煌讲唱文学研究》。到1984年初，40余万字的《敦煌讲唱文学研究》已经全部完成。

虽然张先生的书稿早就完成了，但在当时出版难的背景下，《敦煌讲唱文学研究》的出版遇到了困难。张先生也曾努力过，希望调到敦煌研究院，由研究院资助出版。据研究院科研处长李永宁先生1986年3月1日给张鸿勋的信说："出书资助问题，目前尚未解决……段先生曾同出版社粗谈了一下，我们争取此书作为院里出，不应该要钱，但还未商妥。我想，兄一面各处'化缘'，我这里一面催促，找出变通办法。"后来，由于特殊的机缘，张先生将其修订为《敦煌讲唱文学概论》，由台湾新文丰出版公司于1993年出版。

张先生的学术探索，有着非常广阔的视野。如在研究敦煌本《孔子项托相问书》时，不仅与藏文本、吐鲁番文书相结合，而且还与河北省的民间故事《拜师》、台湾歌仔唱本《孔子项橐论歌》《孔子小儿答歌》及传统相声《蛤蟆鼓儿》等联系起来，认为"其反复诘答的手法和部分内容，也能看出《孔子项托相问书》的影子"。另如在研究敦煌本《茶酒论》时，能够与贵州布依族的寓

言《茶和酒》、藏族寓言《茶酒夸功》等联系考察，发现"汉族
的《茶酒论》、藏族的《茶酒夸功》、布依族的《茶和酒》时代
虽有早晚，地域有南有北，但主要情节，思想寓意，甚至散韵组
合的文体等，会有那么多共同处"。通过对这些文本的综合、联
系考索，张先生体悟到："研究敦煌文学除了从古文书角度进行
考校外，还应该把视野再扩大一些，不能仅仅盯着卷子和作品本
身，还要注意掌握一些少数民族的历史和文学情况，尽可能地搜
集尚流布人口的活资料，加以比较，这样才能较全面地认识敦煌
文学的意义和价值。当然，研究敦煌文学也还需要一定的文献目
录学、文字学、训诂学、考古学、民俗学等等方面的知识。"(《在
探索的路上》)

　　从张先生的敦煌俗文学论著可知，他的研究方法，就是把文
学和民俗学、人类学等相关的其他学问联系起来考察，将俗文学
和雅文学、敦煌文学和外国文学结合起来进行比较，也即"跨文化"
的研究方法。

　　张先生晚年的敦煌俗文学研究，更是注重多学科、跨地域的
结合，从世界文学的角度研究敦煌俗文学，如《〈天地阴阳交欢
大乐赋〉与日本平安时代汉文学：以大江朝纲〈男女婚姻赋〉为
中心》《移植与变异：日本〈酒茶论〉与敦煌〈茶酒论〉的比较
研究》《敦煌遗书中的中印、中日文学因缘》《从唐代俗讲转变
到宋元说经：以〈佛说目连救母经〉为中心》《从印度到中国：
丝绸之路上的睒子故事与艺术》《汉译〈百喻经〉与印度古代民

间故事》《敦煌学视野下的明代俗赋：以〈绣谷春容〉〈国色天香〉为中心》等，都是跨文化的研究论文。他去世前在总结自己的研究历程时说："在敦煌俗文学的探讨中，我还尝试以己力所能及的材料，运用比较故事学的方法，追索其中某些作品的母题类型，做跨地域、跨民族、跨文化等方面的异同研究，期望以此挖掘它的流传演变轨迹，分布情况，不同面貌，以及互相间可能存在的交流与影响，共同繁荣与发展。在这方面，前辈学者陈寅恪、郑振铎诸人，已做出了很好的成绩，足以证明，敦煌文学不仅是中国的，而且也是世界的。"

　　正因为张先生有着扎实的学术基础和宽广的学术视野，他的论著能够站在学术前沿，并得到了社会和学术界的广泛认可，如1982年4月15日，教育部高教一司给教育部党组的报告《关于发展敦煌学的建议》中说："厦门大学的韩国磐教授，山东大学的王仲荦教授，西北师院的金宝祥教授，北京师范的宁可教授，天水师专的张鸿勋副教授等，都对敦煌学有所研究。"报告将一个偏远地区师专的副教授与重点高校的著名专家相提并论，就是对张先生学术水平和学术贡献最好的认可和肯定。另如20世纪80年代在学界有广泛影响的《文史知识》开辟有"治学之道"栏目，基本上每期的第一篇就是著名专家学者的治学经验，能在这个栏目上发表自己治学的经验及其得失，既反映了这些专家在全国有很高的知名度，也会在学界有较大的影响，要知道80年代的《文史知识》每期的发行量都在10万—20万份之间，一些大专家也以在《文史知识》上发表文章为荣。如南京大学的卞孝萱先生曾说："我同一时期，曾经在几个刊物上发表了文章，只有《文史知识》上登的那一篇，朋友们见面都说读过了，其他几篇无人提起。今后有文章还是要在《文史知识》上发。"张鸿勋先生的《在探索的路上》，就是在 1988 年第 12 期的"治学之道"栏目发表的。文中讲述了他研究敦煌俗文学的起步及甘苦得失。《文史知识》从 1981 年创刊，当年出版了 6 期，从 1982 年起改为月刊，1988 年第 12 期是总第 90 期，在 90 期的杂志上，张先生是甘肃文史学界第一个在此栏目发表文章的学者，也是敦煌学界第三人。（此前有项楚先生的《敦煌文学研究漫谈》、郭在贻先生的《回顾我的读书生活》）

再如 2012 年前后，南京师范大学的董志翘先生正在笺注《启颜录》，他知道我和张鸿勋先生有联系和交往，有一天他找到我说，张鸿勋先生关于敦煌本《启颜录》的研究最有学术价值，请我帮忙与张先生联系，希望张先生同意将他的一篇论文作为附录收入《启颜录笺注》中。我电话与张先生联系，张先生完全同意。2014 年 6 月《启颜录笺注》由中华书局出版时，我已经调到了浙江大学，董志翘给我寄了两本书，并请将另一本转给张先生。董志翘在《启颜录笺注》的前言中说："本来，我们应该对敦煌写本《启颜录》及传世本《启颜录》的关系及特色作进一步的比较论述，但是早在 1985 年，张鸿勋先生对此就作了精深的研究，撰有《谈敦煌本〈启颜录〉》一文，1996 年又撰《敦煌本〈启颜录〉的发现及其文献价值》一文，对前文作了进一步的补充。张先生的文章不仅对敦煌写本《启颜录》的内容及其文献价值作了详细介绍，而且对敦煌写本《启颜录》与传世本《启颜录》的关系、对《启颜录》的性质及与侯白的关系都作了深入的考证。本人读后深受启发和教益，故不敢亦不必赘言。此次蒙张先生慷慨授权，准许我将《敦煌本〈启颜录〉的发现及其文献价值》一文作为附录收入书中，有关问题，大家可以从中得到解答。"

当《张鸿勋跨文化视野下的敦煌俗文学》在上海古籍出版社出版前夕，张先生认为我对他最了解，提出由我给他的这本书写篇序言。我是敦煌文学的外行，又是晚辈，显然是不能承受的，就婉言谢绝了。当时张先生就说，你不写序言，那等书出版后你写篇书评。我知道这是张先生的客气话，但也是真心话，我当然是没有能力来为张先生的大作写书评。现在只能将我了解或我心目中的张先生写出来，作为纪念。

2019 年 8 月 19 日初稿

2019 年 8 月 22 日修改

（本文原载《敦煌研究》2019 年第 6 期，副标题作"纪念张鸿勋先生逝世三周年"，收入本书时略有删节）

她已将生命融入了敦煌

——读《我心归处是敦煌：樊锦诗自述》

1984 年 1 月 3 日，《光明日报》发表了报告文学《敦煌的女儿》，宣传了樊锦诗坚守大漠的事迹，使樊锦诗成了家喻户晓的人物。从此以后，就像"敦煌守护神"是常书鸿的符号一样，"敦煌的女儿"也成了樊锦诗的符号和专称。

从 1963 年北京大学考古专业毕业被分配到敦煌，樊锦诗一直坚守在莫高窟，将自己的一生献给了敦煌，成了一代莫高人的代表。2018 年 12 月 18 日，樊锦诗被中共中央和国务院授予"改革先锋"荣誉称号，获颁改革先锋奖章，获评"文物有效保护的探索者"。2019 年 9 月 17 日，又被授予中华人民共和国国家勋章和"文物保护杰出贡献者"国家荣誉称号。

由樊锦诗口述、顾春芳撰写的《我心归处是敦煌：樊锦诗自述》于 2019 年由译林出版社出版。对于个人的回忆录或自述，如果能做到"别人看了不摇头，自己看了不脸红"，就算成功了。

《我心归处是敦煌》封面

因为工作的关系，我与樊锦诗先生有多年的接触和交往，读她的自述作品，深觉该书所写非常真实，书中描述的传主与我了解的樊锦诗是一致的。

一

樊锦诗的祖籍是杭州，1938年7月9日出生在北平，从小在上海长大。1958年，考入北京大学考古专业，来到了未名湖畔。当时北大是五年制，1962年8月，大学的最后一年，樊锦诗与马世长等4个同班同学来到敦煌实习。江南姑娘樊锦诗，从小身体单薄、体质差，到敦煌后，由于严重的水土不服，加上营养也跟不上，无法在敦煌坚持实习，不到3个月就带着实习考察的资料离开了敦煌。

1963年大学毕业分配时，樊锦诗没有想到自己被分配到了敦煌，因为去年敦煌实习时，就因为水土不服而提前离开了，现在，她更不想去敦煌。一方面自己的身体确实差，另一方面她已经有了男朋友，就是同班同学彭金章，而彭金章被分配到了武汉大学。但系领导找她谈话，"还是希望我能够去敦煌，因为敦煌急需考古专业的人才，希望我和马世长先去，北大今后还有毕业生，过三四年再把我替换出来"（《我心归处是敦煌：樊锦诗自述》第53页。以下引用本书只注明页码）。当她将分配的去向告诉父母后，父亲以"小女自小体弱多病"为由给学校和系领导写了一封信，

樊锦诗代表敦煌研究院接受敦煌特殊贡献奖

希望学校改派樊锦诗的工作单位。但樊锦诗没有将父亲的信转交上去，当时大学生的志向，就是服从分配，报效祖国。"我自己已经向学校表了态服从分配，如果这时候搬出父亲来给自己说情，会给院系领导造成言而无信的印象，这样的做法很不妥当。所以这封信我没提交"（第53页）。

　　就这样，樊锦诗被分配到了敦煌文物研究所，来到了西北边陲大漠戈壁中的莫高窟。当年的莫高窟几乎与世隔绝，敦煌县城与莫高窟相距约25公里。没有汽车等现代交通工具，从莫高窟去敦煌县城，一般都是坐牛车或者步行，要走大半天的路。20世纪60年代敦煌的生活非常艰苦，大家住土房，喝咸水。敦煌的冬天又特别冷，气温一般在零下20摄氏度左右，宕泉河的河水

作者与樊锦诗在京都大学（2015年1月29日）

冻结成厚厚的冰层，日常用水都得凿开冰层取水烧水。就是在这样艰苦的条件下，研究人员在保护修复文物的同时，还要临摹壁画、调查内容题记等，或查找资料、研究文献。

当时敦煌文物研究所工作人员的生活用水，不论是饮水、做饭，还是洗衣、洗头，用的都是宕泉河里的苦咸水。深色的衣服晾干后，上面泛着一道道的白渍。职工的住房都是土做的，土地、土墙、土灶、土炕、土桌、土凳，由于土质干燥疏松，地上永远是扫不完的尘土。

莫高窟艰苦的生活，使樊锦诗犹豫、彷徨，是否能坚持下去？每到夜深人静的时候，她就感到孤独。"我常常感觉好像整个世界都把我忘记了，北大把我忘记了，老彭也把我忘记了"（第160页）。

由于"文革"的爆发，那个"三四年后调离敦煌"的许诺自然无法实现了，但生活还得继续。1967年1月15日，樊锦诗和彭金章在武大结婚了。1968年，樊锦诗在没有任何亲人的陪伴中，在敦煌生下了第一个儿子。由于和彭老师两地分居，她无法照料孩子，就将孩子送到彭老师河北老家的姐姐家。如果说，生活的苦难还可以想办法克服的话，"最痛苦的是骨肉分离。常先生后来的遭遇大家也都知道，前妻走了，他只能独自带着两个孩子在莫高窟生活。莫高窟人的命运都非常相似，只要你选择了莫高窟，似乎就不得不承受骨肉分离之苦"（第128页）。

就在樊锦诗最艰难的时候，她的父亲于1968年由于受批斗而不幸离世。父亲走后，樊锦诗一直在思考和追问：我应该如何生活下去呢？如何在这样一个荒漠之地，继续走下去？这时她想到了常书鸿，想到了段文杰，他们与自己一样，也同样经历了骨肉分离的痛苦。这也许就是莫高窟人的宿命，无人可以幸免。

樊锦诗在犹豫，在彷徨，"那段时间我反复追问自己，余下的人生究竟要用来做什么？留下，还是离开敦煌？"她想到了丈夫，想到了儿子，想拥有一个完整的家庭，也想成为一个好妻子、好母亲。她的内心是痛苦的，思想斗争是复杂的。经过痛苦的思想斗争，尤其是"经过了与莫高窟朝朝暮暮的相处，我已经感觉自己是长在敦煌这棵大树上的枝条。离开敦煌，就好像自己在精神上被连根砍断，就好像要和大地分离。我离不开敦煌，敦煌也需要我。最终我还是选择留在敦煌"（第138—139页）。

当樊锦诗决定留在敦煌时，她就意识到："此生命定，我就是个莫高窟的守护人。""敦煌的女儿"诞生了。樊锦诗说，"我已经习惯了和敦煌当地人一样，日出而作，日落而息，年复一年，日复一日地进洞调查、记录、研究。我习惯了每天进洞窟，习惯了洞窟里的黑暗，并享受每天清晨照入洞窟的第一缕朝阳，然后看见壁画上菩萨的脸色微红，泛出微笑。我习惯了看着洞窟前的白杨树在春天长出第一片叶子，在秋天又一片片凋落"。（第139页）

二

20世纪70年代末，改革开放的号角吹响了，1977年恢复高考，1978年部分高校恢复研究生招生。当年，马世长考上了北大的研究生，离开了敦煌，而樊锦诗"当时正在干校，错过了北大的考研，也再一次错过了离开敦煌的机会"（第56页）。随着"科学的春天"到来，知识分子的地位提高了，可以解决夫妻两地分居的问题。樊锦诗虽然错过了考研，但可以通过调动工作离开敦煌，与彭老师在武汉团聚。1983年初，樊锦诗有一个调到武汉大学的好机会，当时彭老师非常希望樊锦诗调到武汉，这样既可以解决夫妻分居的问题，又可以将户口迁入武汉，这样既符合了武汉大学教职工家属楼的分配条件，儿子的上学问题也就解决了。所以，彭老师于1983年7月1日给她写信："锦诗：为配合一项基建工程，

作者与樊锦诗在南京博物院看敦煌文献（2006年9月）

文化部文物局要我们派人参加考古发掘。经研究，决定由我带几名学生去突击。本月中旬就动身，时间大约是半年。对此，予民（他们的大儿子）很有意见……今年下半年，是他初中毕业前的关键时刻，我们都不在，对孩子确实有影响。可又有什么办法？予民看到别人一家一户搬进了家属区，对你不调来很有意见。说：'妈妈还不调来，要是来了，我们也会有房子。'他还担心明年初中念完时不准毕业、不准升学。因为他的户口不在武汉。"儿子予民也于7月4日写信说："妈妈，我们学校已考完试，放暑假了。我这次考得不好，英语开了红灯，我很惭愧，也很着急。原想利用暑假好好补习一下。可爸爸又要带学生出去考古，这一走又是半年。妈妈，您哪时候才能调来？您明年一定调回来吧！妈妈，

作者与彭金章先生在莫高窟北区464窟（2015年8月17日）

我想您啊……"樊锦诗的姐姐也给她写信："锦诗妹妹：你究竟准备什么时候调回武汉？你们一家什么时候才能团圆？你那个宝贝儿子（寄住在上海姐姐家的小儿子晓民）越大越调皮，三日两头闯穷祸，谁也管不了。他老不在父母身边，总是个问题呀……"亲人们都给樊锦诗写信，希望她尽快办理调动手续。就在这关键的时刻，樊锦诗又犹豫了，"既对老彭有感情，想念孩子，想去武汉；又对敦煌产生了感情，想留在敦煌，为敦煌干点事"。（第180—181页）再加上这时由敦煌文物研究所主办的首次全国敦煌学术研讨会正在加紧筹备之中，樊锦诗是研究所的副所长，属于省管干部，甘肃省也不想放走她。这样一拖，这次的调动也就不了了之。

1983年8月，中国敦煌吐鲁番学会成立大会和全国首次敦煌学术研讨会在兰州召开。正是在这次会议上，中共中央宣传部部长邓力群将樊锦诗作为新中国自己培养的知识分子代表作了表扬。随后，《光明日报》以《敦煌的女儿》为名，宣传报道了樊锦诗坚守大漠、勇于奉献的事迹。与此同时，甘肃省也在敦煌文物研究所的基础上，扩大编制，提高规格，组建了敦煌研究院，樊锦诗被任命为敦煌研究院的副院长。

　　虽然敦煌得到了重视，敦煌学成了热门话题，樊锦诗也成了副院长，但生活还要继续，丈夫、孩子需要照顾，夫妻需要团聚。所以，樊锦诗还是希望调到武汉大学与彭老师团聚。但敦煌需要樊锦诗，《敦煌的女儿》一文也使樊锦诗成了扎根莫高窟的典型和楷模，甘肃省更不愿意放走她。为了解决樊锦诗夫妻两地分居的问题，1986 年，甘肃省委组织部、宣传部各派出一位干部，到武汉大学与刘道玉校长商谈，希望武汉大学同意，将彭金章调来甘肃。正是在这种背景下，彭老师没有办法再坚持了，只能表示愿意离开武大。樊锦诗说："我最感激老彭的就是，他在我还没提出来的时候，自己提出调来敦煌。如果他不提出，如果那时候他拿出他一家之主的威严，也许我就去了武汉，因为我绝对不会因为这件事情放弃家庭，甚至离婚，我没有那么伟大。"（第181页）樊锦诗于 1963 年大学毕业来到敦煌，1967 年 1 月与彭老师结婚，直到 1986 年，彭老师才调到了敦煌，全家终于团聚了。常言道：一个成功的男人后面，肯定会站着一个默默无闻的女人。反过来说，樊锦诗的成功，也是因为后面有一个坚强的后盾——彭金章。

正如樊锦诗自己所说，"如果没有他的成全，就不会有后来的樊锦诗"，"一般的家庭都会因为（两地分居）这个问题解决不了，最终散了。但是他为我做了让步，放弃了自己热爱的事业，也放弃了自己亲手创立的武汉大学考古专业"。（第182页）

1986年，彭金章调到敦煌后，专业上主持了莫高窟北区的考古工作，生活上与樊院长相互照顾，相濡以沫。

2008年秋天，彭老师患了直肠癌。由于手术治疗很成功，所以彭老师的精神状态一直很好，我们每年都因参加中国敦煌石窟保护研究基金会而见面一两次，彭老师很健谈，我们聊天的范围也很广。

2017年初，彭老师又生病了，经检查是胰腺癌。而胰腺癌一旦发现就是晚期，目前在全世界还没有有效的治疗方法。得知这样的结果，樊锦诗傻眼了，"面对这突如其来的打击，我几乎绝望，浑身无力，实在难以接受"。经过与医生的沟通，"我把孩子们叫来一起商量，最后定下的治疗方案就是：减少痛苦，延长生命，不搞抢救"。（第196页）

正在彭老师病重期间的2017年初，中央电视台的"朗读者"请樊锦诗参与节目，她本来是拒绝的，但彭老师爱看这个节目，就鼓励她参加。为了彭老师，樊锦诗才决定要上"朗读者"。要上"朗读者"节目，需要将他们的人生总结出来。由于他们两位在北京大学读书时成了恋人，在武汉大学结婚，晚年又一直生活在敦煌，所以彭老师此前就有了"相恋未名湖，相爱珞珈山，相聚莫高窟"的人生总结。樊院长到北京后，感觉最后的"相聚"不太好，就将其改为"相守"，成了"相守莫高窟"。她回到上海后将改动告知彭老师后，彭老师很赞同，认为改得好。樊院长给我说：这里的"相守"，并不是她和彭老师两个人的相守，而是指一代代莫高窟人的坚守。

2017 年 7 月 29 日，彭金章先生因病在上海去世，31 日上午举行了遗体告别仪式。由于樊院长不让研究院发讣告通知，也坚持丧事一切从简，赴上海参加遗体告别仪式的人很少。由于我和彭金章、樊锦诗两位先生有长期的交往，平时聊天、联系也比较多，得知消息后，立即赴上海参加彭老师的遗体告别仪式。在赴上海前，专门向浙江大学领导报告了此事，一方面代表浙江大学和我

作者与樊锦诗、赵声良在敦煌（2020年8月19日）

从左至右依次为柴剑虹、樊锦诗、常沙娜、作者（2007年8月23日兰州）

个人敬献了花篮，另一方面向樊院长发出邀请，等彭老师的丧事办完后来杭州住一段时间，调整一下心情。

在上海与樊院长相见还是很亲切，她向浙大及我表示感谢，但对我提出到杭州生活一段时间的邀请，只说了一句谢谢！

2017年8月23日，是段文杰先生百年诞辰日，由敦煌研究院主办的"2017敦煌论坛：传承与创新——纪念段文杰先生诞辰100周年敦煌与丝绸之路国际学术研讨会"在莫高窟举行。会议期间，我与樊院长、赵声良有一个多小时的聊天，樊院长主动说到了我在上海邀请她到杭州生活一段时间的问题。她说："老彭刚去世一个多月，按道理我是不出来的，但纪念段先生的活动，我又不能不来。"至于我们邀请她到杭州住一段时间，她非常郑重地说：感谢浙大的深情厚谊，但她和孩子们商量了，不去杭州，就在上海和敦煌轮流住。然后又专门给我说："实际上我在上海也住不长，我心里很挂念敦煌。儿子、儿媳妇有自己的工作生活，让他们专门照顾我，总觉得不太好，我这个年纪要去料理他们的生活，我也干不动。我在敦煌简单生活惯了，待在这里最安心。"

后来樊院长果然如她所言，大部分时间都住在莫高窟。正如她自己所说："直到现在，我每年过年都愿意在敦煌，只有在敦煌才觉得有回家的感觉。有时候大年初一为了躲清静，我会搬上一个小马扎，进到洞窟里去，在里面看看壁画，回到宿舍查查资料，写写文章。只要进到洞窟里，什么烦心事都消失了，我的心就踏实了。"（第139页）

樊锦诗离不开敦煌，除了将一切献给敦煌，对敦煌充满感情外，她还有一个心愿，即莫高窟的考古报告。当1963年樊锦诗赴敦煌报到前夕，北京大学历史学系考古教研室主任苏秉琦先生专门给她说："你去的是敦煌。将来你要编写考古报告，这是考古的重要事情……考古报告就像二十四史一样，非常重要，必须得好好搞。"（第54页）从此以后，敦煌考古报告的编写，就成了樊锦诗念念不忘的重要使命。但历史有时候真能捉弄人，前期由于政治运动的干扰无法干事，后期则因为樊锦诗走上领导岗位，将时间和精力主要放在敦煌石窟的保护、研究、弘扬和管理工作中，这样就耽误了考古报告的编写。但考古报告是樊锦诗一个无法挥去的心结，从新世纪以来，她就抱着"还债"的态度和决心从事考古报告的编写。直到 2011 年，樊锦诗带领敦煌研究院考古团队，历经 10 余年编写的第一卷《莫高窟第 266—275 窟考古报告》终于出版面世，并得到了国内外学者的高度肯定和良好评价，它不仅标志着敦煌石窟考古进入了一个新的阶段，而且为中国石窟寺考古报告树立了典范。

《莫高窟第 266—275 窟考古报告》第一卷的成功，既使樊院长信心大增，又为后续的编写工作奠定了基础。2014 年底樊锦诗卸任敦煌研究院院长后，更是把自己主要的精力放在了组织考古团队持续编写敦煌石窟考古报告第二卷、第三卷的工作中。

正因为如此，每当我看到春节时樊锦诗与其他职工一起在研究院食堂包饺子的照片时，我心里更加清楚了：樊锦诗离不开敦煌，她已将自己融入了敦煌，敦煌成了她的生命，离开敦煌她将心无所依。正像她的自述作品的书名所说："我心归处是敦煌！"

（本文为樊锦诗《我心归处是敦煌》书评，原载《中华读书报》2021 年 3 月 10 日，发表时有删节）

日本所藏敦煌文献的来源及真伪

　　日本是除巴黎、伦敦、圣彼得堡和北京四大敦煌文献收藏中心外，藏有敦煌文献数量最多的国家。日本所藏的敦煌吐鲁番遗书，除由大谷光瑞探险队带回日本的外，其他藏品由于其来源比较神秘，基本上都是由日本书商做中介，从中国的书商那里收购而来的。学术界也曾有过真伪的质疑，如京都大学的藤枝晃教授曾说过，日本所藏敦煌遗书，百分之九十以上都是假的。对藤枝晃教授的这一说法，日本国内也有反对的意见。（参阅郑诗亮《高田时雄谈敦煌遗书和汉学文献的访求》，《澎湃新闻·上海书评》2019 年 7 月 29 日）要了解日本所藏敦煌文献的来源及其真伪，就需要读高田时雄教授的《近代中国的学术与藏书》（中华书局2018 年）。

　　高田时雄教授是国际著名的敦煌学家，特别具有语言学的天赋，在敦煌的民族、语言研究方面已取得了卓越的成就。近年来，致力于敦煌学学术史的研究，尤侧重日本学者搜寻敦煌文献的艰

《近代中国的学术与藏书》封面

难历程、日本所藏敦煌文献的来源、数量和真伪考辨等方面，陆续发表了《明治四十三年（1910）京都文科大学清国派遣员北京访书始末》《探求敦煌写本：日本学者的欧洲访书行》《内藤湖南的敦煌学》《清野谦次搜集敦煌写经的下落》《羽田亨与敦煌写本》《日藏敦煌遗书的来源与真伪问题》《李滂与白坚》《俄国中亚考察团所获藏品与日本学者》等学术史论文，对日藏敦煌文献的相关问题进行了认真探索，揭示了许多新的资料，解决了一些长期悬而未决的问题，提出了许多值得进一步深入探讨的课题。现在，高田先生将其有关敦煌学学术史和汉学文献的访书、传承等论文结集为《近代中国的学术与藏书》。虽然其中有关敦煌学学术史的绝大部分论文在发表时我都读过，但结集后重新再读，仍然感觉新见迭出，值得推荐与介绍。

一

　　日本的敦煌学研究起步较早，可以说几乎与中国同步。当1909年伯希和在北京与中国学者罗振玉等接触后，引发了中日敦煌学的热潮，也被誉为敦煌学的起始，因此伯希和的这次北京之行备受学术界关注。当时常驻北京的日本汉籍书店文求堂主人田中庆太郎是最早公开报道伯希和1909年北京之行的人。关于北京学术界公宴伯希和的具体日期，田中庆太郎明确说是在"9月4日"，但2004年4月出版的《恽毓鼎澄斋日记》将北京学界公宴伯希和事件记录在 1909 年 10 月 4 日。至于伯希和离开北京的时间，田中庆太郎说是"9 月 11 日傍晚"，根据《江瀚日记》，应该是在"10 月 11 日晚"乘车离开北京。

正是这次的公宴事件，才促成了学部、京师大学堂的主事官员同意购买劫余敦煌写卷。1910 年劫余敦煌遗书运到北京后，日本学者即着手组队前往北京调查敦煌文献，这就有了影响深远的五教授赴北京访书事件，即狩野直喜、小川琢治、内藤湖南三位教授和富冈谦藏、滨田耕作两位讲师到北京调查敦煌遗书。他们于 8 月下旬出发，9 月初到达北京，在北京工作一个月后，于 10 月中下旬回国。

据神田喜一郎记载，在京都五教授赴北京访书时，"还有一位泷精一博士是受国华社派遣到达北京的，基本上与京都五位先生一起工作。泷博士主要调查端方的收藏品"。"在端方家观赏收藏品时，博士对一幅敦煌的唐朝观音像非常关注，这引发了他对敦煌画的极大兴趣。后来泷博士的弟子松本荣一博士继承了敦煌画领域的研究"。（神田喜一郎《敦煌学五十年》，北京大学出版社 2004 年，第 18 页）高田先生对此也有记述："掌管《国华》的美术史家泷精一也作为国华社的派遣队员，与上述五名派遣教官同行。泷氏在端方收藏品的调查工作中发挥了主导作用。"（《近代中国的学术与藏书》，第 71 页。以下凡引用本书，只注明页码）

1910 年日本派遣五位教官赴北京调查敦煌文献的活动，"不仅使敦煌学的开拓事业前进了一大步，派遣活动的间接结果，还对其后敦煌学的发展产生了巨大的影响"（第 71 页）。可以说这次的派遣活动开创了日本学者早期赴各国"搜宝式"调查敦煌文献的先河。

日本派五位学者到中国访书，回国后还举行了盛况空前的展览，神田喜一郎认为："但实际上就敦煌古书方面来说，似乎与期待并不相符，报告书中也明确地说明了这一点。究其原因是因为敦煌古书中最珍贵的部分已经被斯坦因与伯希和带走，剩余部分几乎仅仅是佛教经典。运回北京学部的敦煌古书数量大约是五六千卷，大部分是佛典。另外后来才知道，从敦煌运到北京途中，特别珍贵的文物几乎都被盗走一空……因此最后运到北京学部的古书就不是那么珍贵了。京都大学的各位先生们兴致勃勃地出发到北京考察敦煌古书，但看到的结果不免令人有些失望。尽管如此，敦煌热并未有丝毫减退，反而渐渐升温。"（神田喜一郎《敦煌学五十年》，第 19 页）高田先生也有类似的意见，认为"备受期待的北京访书的结果却并未达到他们的预期"（第 92 页）。对于内藤湖南来说，如果说他 1910 年北京之行的"主要目的是敦煌遗书的话，便没有得到令人期待的成果，其原因是遗书的内容几乎全是佛典"（第 109 页）。这是有一定道理的，但如果将其放在当时的历史条件下，似乎不是特别准确。因为内藤等于 1910 年赴北京调查敦煌遗书时，虽然得到了罗振玉等人的帮助，但当时敦煌遗书还没有整理与编目，许多具体内容还不清楚，阅读也不方便，他们只是翻阅了近800卷，也只是将其中的700卷作了目录，这些敦煌遗书恰好主要是佛教典籍。这在当时以"搜宝式"方式收集敦煌文献的时代，肯定不会像世俗文书或道教、景教、摩尼教文书那样，只要拿到一件敦煌文书就能做大文章，将其价值发挥到极致。

二

伦敦、巴黎、圣彼得堡和北京是敦煌文献的四大收藏中心，除此之外的最大收藏地就是日本了。日本所藏敦煌文献，以羽田亨旧藏最为大宗，由于这些藏品的主体来自李盛铎旧藏（编号1—432），真实可靠，长期受到敦煌学者的关注。1919年9月20日，王国维致信罗振玉说："李氏诸书，诚为千载秘笈，闻之神往。"李盛铎去世后，其后人将藏品卖给日本人，但后来究竟藏于何处，学界并不十分清楚，由于这批敦煌文献数量庞大，研究价值较高，并且公布较晚，曾一度被有些学者称为敦煌文献"最后的宝藏"。

李盛铎所藏敦煌写本由于来源可靠，是散藏敦煌文献中最值得关注的部分。而关于其流入日本的具体情况则不太清楚，高田时雄教授紧紧抓住其中的最关键人物——写本的管理者（或实际上的拥有者）李滂和出售的具体经办人白坚，连续撰写、发表了几篇文章，现在将其合并为《李滂与白坚——李盛铎旧藏敦煌写本流入日本之背景》，分为正编、补遗、再补和三补，收入本书首篇。

1936 年，李盛铎所藏敦煌写本 432 件转入京都大学教授羽田亨之手。1938 年 11 月，羽田亨任京都大学校长后，将这批经卷保存在校长室。二战末期的 1945 年，为躲避战火将其疏散藏在兵库县的山中，其中既有李盛铎旧藏，也有其他的写本，总计 736 件。

李盛铎晚年，专事其木犀轩藏书管理的是其第十子李滂（字少微），当然也包括其收藏的敦煌写本。而李滂的身世却非常奇特，李盛铎曾在光绪二十四年至二十七年（1898—1901）担任驻日公使。光绪三十一年（1905）李盛铎被任命为驻比利时钦差大臣，并兼命加入出洋考察宪政大臣之列，出使日、英、法、德、比诸国。这时候日本一位名叫横沟菊子的女人进入了李盛铎的视线。横沟菊子是原日本劳动组合运动创始者高野房太郎的夫人，"高野因在日本的活动呈僵局之势，故而 1900 年往中国青岛经商，但不幸于 1904 年 3 月 12 日客死他乡。菊子带着两个孩子回到日本，寄身亲戚家，勉强维生。因菊子略晓汉语，便到中国公使馆工作"（第 4 页）。当李盛铎赴比利时任职时，菊子也一同前往，并在比利时生下了李滂。李盛铎于宣统元年（1909）任职结束回天津时，菊子闻知东京的亲人病危，便告别幼子李滂，独自返回东京。后李滂委托白坚赴日本出售敦煌写本时，也曾顺便寻找其生母，但菊子早在大正三年（1914）1 月 22 日已经病逝，年仅 34 岁。

关于李盛铎拟出售敦煌写本的原因，高田先生指出：李盛铎晚年"由于诉讼而生的债务等个人原因，需要大笔金钱而欲出手所藏敦煌写本"（第84页），"李盛铎晚年诉讼缠身，经济困难，陷入不得不考虑处理藏书的窘境。实际担当此任的是李滂"（第7页）。因此李滂于1935年初从天津到上海，请白坚以寻找生母为借口赴日本物色敦煌写本的买主。这也可能是李滂"对生母的祖国日本怀有十分亲近之情"（第8页）的缘故吧！而"李滂对母亲的祖国，在感情上怀有很强的亲近感，将李家的敦煌写本售予日本，应无心理上的抵触"（第22—23页）。1935年12月15日及21日的《中央时事周报》上刊发了《德化李氏出售敦煌写本目录》，日本学者羽田亨此前曾看过李藏敦煌文献，又知道其重要的学术价值，所以给予了高度关注。白坚到了日本后，即"商定将李家所藏敦煌写本卖与羽田。之后，李盛铎旧藏写本共432件，从次年2月起分批运到京都羽田处。提供资金的是大阪经营制药公司的武田长兵卫。羽田此后又通过市场或者收藏家的割爱不断购入敦煌遗书，增加其收藏"（第140页）。羽田收集的敦煌写本就是杏雨书屋所藏之物，由武田科学振兴财团管理。

至于白坚，早年毕业于日本的早稻田大学，回国后在政府部门任职，并从事以书画为主的美术品经营，后以转卖获利为主，而"转卖对象大部分在日本"（第11—12页）。如王树枏在任新疆布政使的10年间，曾入手许多吐鲁番写本，有相当部分（古写经28卷8帖）已于1922年经文求堂堂主田中庆太郎之手以二万日元卖给中村不折。此后，白坚又从王树枏处获得晋写本陈寿《三国志·吴志》残卷，并于1930年转让给武居绫藏。另外，经白坚之手卖给中村不折的还有［014］《摩诃般若波罗蜜经》第十四，梁天监十一年（512）写本；［025］《佛说金刚波罗蜜经》，梁大同元年（535）写本。（第12—13页）

另外，1925年，内藤湖南还通过白坚之手，得到了唐写本《说文解字》残卷，藏在武田科学振兴财团的杏雨书屋。（第17页）众所周知，在敦煌吐鲁番文献发现以前，唐人写本是非常罕见的。清代学者莫友芝得到唐《说文解字》木部残页后，视为珍宝，曾国藩写序时曾说："插架森森多于笋，世人何曾见唐本。"

羽田亨从1936年秋至1942年12月期间，尽全力收集敦煌文献，从而"形成日本国内最为丰富的敦煌写本收藏"。即除了李盛铎旧藏的432件外，还有来自高楠顺次郎、富冈谦藏、清野谦次及其他私家旧藏。由于羽田亨收集敦煌文献的资金来自大阪制药商武田长兵卫的资助，因此，这批敦煌文献的所有权归属于出资的武田家族，并入藏武田的个人文库杏雨书屋，1977年，武田长兵卫将原杏雨书屋藏书全部捐赠武田科学振兴财团管理。2009—2013年，日本大阪财团法人武田科学振兴财团杏雨书屋以《敦煌秘笈》为名刊布了这批文书。共编775号（实际只有758号，缺486—500、714、724等17个号），分"影片册"9册和"目录册"1册。

三

在阅读英藏和法藏敦煌文书方面，日本学者与中国学者遇到了同样的情况，即阅读法藏写本比英藏写本容易多了，如20世纪30年代赴英法访书的向达和王重民先生就有亲身感受。向达先生受北京图书馆的派遣，1935年12月至1936年7月，任牛津大学图书馆临时馆员，已决定随后赴英国图书馆工作，所以就想法联系阅读敦煌文献，但结果并不理想：

> 至于在伦敦之工作，现在全无把握。弟到英后，几乎无往而不碰壁……弟来英目的在看British Museum之敦煌卷子，管理人为Dr. Lionel Giles，前后见到两次，俱甚冷淡。且对人表示，拒绝弟助其工作。有一次曾以可否允人对于敦煌卷子作一通盘研究相询，彼亦表示拒绝。此种情形，大有陷弟于进退两难之势。然既已至此，不能不极力想法，庶不致如入宝山，空手而反。现在拟托其他英国人代为转圜，将来研究一层，或可有万一之望也。〔《向达致舒新城、武佛航信》（1936年2月16日），参见徐俊《书札中的雪泥鸿迹——中华书局所藏向达致舒新城书札释读》，樊锦诗等主编《敦煌文献·考古·艺术综合研究——纪念向达先生诞辰110周年国际学术研讨会论文集》，中华书局2011年，第14—15页〕

1936 年 9 月到 1937 年 8 月向达在英国图书馆工作一年，其间"阅读敦煌卷子。因为小翟理斯博士（Dr. Lionel Giles）的留难，一年之间，看到的汉文和回鹘文卷子，一共才五百卷左右"，"伦敦的敦煌卷子，一向不大公开，以前人看到的，都不过是一鳞半爪"。王重民先生于 1934 年秋到巴黎后，能够"遍阅伯希和所劫敦煌卷子。搜幽剔佚，所获实多"。但到英国伦敦后，翟理斯也只是让他"选阅数卷"，以尽其兴。王先生就从目录卡片中选取了三件阅读。

为什么向达和王重民先生查阅英国所藏敦煌文献这样困难？其原因一直不是很清楚。通过高田的论述，我们知道了大体原因，既不是英国博物馆本身的原因，责任也不在斯坦因。斯坦因还是比较开放的，"斯坦因本人不通汉语，不过他采取了合理的方式，即将自己不能解决的语言材料委托给可以胜任的学者进行整理和研究"（第 95 页），并于 1910 年委托伯希和整理，但不知什么原因最后未能进行。日本学者矢吹庆辉于 1916 年 6 月到 11 月赴英国调查敦煌写本时还比较顺利：

　　我自己第一次调查，是在大英博物馆的一间地下室中——正是由于德国空中袭伦的骚动，连有名的罗塞塔（达）石碑也被封闭在地下室的时候——在斯坦因氏的收藏室里，斯坦因和他的助手洛里默（Lorimer）小姐匆忙地整理着原稿，处理其他事务。我最初是一包一包地借出来阅读，后来得到特殊优待，借到了书库、书架的钥匙，自由地拿出自己喜欢的写本来阅读……我就这样调查了斯氏所藏的数千件古写本，主要是搜集古逸未传的佛教典籍，同时涉猎了古写经和古文书。并为自己认为珍贵的写本拍摄了无底片黑白照片，从 6 月一直到 11 月上旬，我一直在愉快地调查和鉴定写本。（第 97 页）

但从 1919 年开始由翟理斯掌管斯坦因所获敦煌文书后，情况发生了变化。同样是矢吹庆辉，他于 1920 年向英国博物馆提出申请，计划将他第一次调查时未能拍摄的三千余叶全部拍摄时，结果只允许拍摄五十余叶。矢吹解释了原因：

该馆的东方部不能简单地通过我方申请的主要理由是：首先，这些收藏品属于大英博物馆，斯坦因去了克什米尔，写本已不再由斯坦因保管，而斯坦因管理时的编号也全部被更换了。写本的管理者换成了翟理斯（Dr. Lionel Giles），翟理斯自己正在努力整理这些写本，目前禁止公开写本。因此当初我记在四册写本记中的号码已经失效，即便知道写本内容也很难检索。另外，翟理斯还禁止随便拍摄照片。而大部分写本都是残卷，有的原本就没有题目，有的因残损而失题，还有不少写本尚未修缮，很容易破损。（第 98 页）

虽然如此，但矢吹还是不死心，便于大正十一年（1922）十月再次前往英国。"博物馆方以规定作为挡箭牌，拒绝矢吹拍摄照片"（第98页）。矢吹就用利诱加威胁的办法与翟理斯协商："自己所掌握的佛教专业知识，对整理工作裨益良多，并表明愿意无偿协助整理。否则，将来目录完成的时候，他可能会提出很多的批评，如果现在能合作，就可避免不必要的麻烦。"正是这样的利诱加威胁，翟理斯便接受了他的协助。这样，矢吹的目的也达到了，他"拍摄了六千多张无底片黑白照片"，成果的一部分就是《鸣沙余韵》，同时还完成了自己的研究著作《三阶教的研究》。（第99页）

同样的情况也发生在羽田亨身上。从大正八年（1919）七月二十六日开始，羽田赴美、英、法、丹麦出差，其间也调查敦煌写本。由于他与伯希和此前就有书信往来，伯希和不仅为他提供了许多便利，而且还允许他将保存在伯希和手头的写本带回自己的住处进行研究。羽田将此拍摄成照片带回日本，后来他们两人合作出版了《敦煌遗书》。另外，羽田还抄录了伯希和的目录，带回日本后复制送同辈学人，这就是罗福苌翻译的《巴黎图书馆所藏敦煌书目》，发表在《国学季刊》第一卷第四期（1923年）和第三卷第四期（1932年）。而在英国却是异常的艰难，据羽田亨后来回忆：

不想让他人看到自己正在整理或调查中、又还尚未深入研究的资料，此乃人之常情。因而这两人（翟理斯和东方部主任巴尼特）也没有理由欢迎那些前来提出阅读申请的人，拿出来供人阅览的也大多是普通的佛教典籍，或是在特别要求的种类中不重要的几种写本。如果要申请阅览稍有价值的写本，他们便不会给人好脸色，亦或是找借口拒绝，这些都是常事。想要在这里阅览甚至抄录自己预期的重要资料，则需要相当的外交技巧、耐心与热情。（第 101 页）

1924 到 1925 年，内藤湖南率长子内藤乾吉、弟子石滨纯太郎、女婿鸳渊一赴欧洲调查敦煌写本时，遇到的情况还是如此。他们在大英博物馆想申请阅读非佛教文书（因为此前矢吹主要看佛教文书），"我用了仅仅两周，翻阅完了大约一百三四十卷文书的时候，翟理斯就说已经没有佛教典籍以外的文书了"。此外，"我从中选出了三十余种古书，提出了拍摄申请，但因为馆内的原因，得到批准的不足半数"。（第 102 页）而在法国的情况则大不同，据内藤湖南回忆："我在巴黎受到了伯希和的款待，用几乎六周时间，阅览了法国国家图书馆所藏敦煌遗书三百二十余件。此外，还经过伯希和的特许，阅览了放置在伯希和私宅中，尚在整理的敦煌古书三百三四十件，在法国总计阅览了六百七十件文书。""我选其中近百件拍摄了照片，与英国不同，在此处提出的拍摄申请几乎都通过了。"（第 102—103 页）

对于阅读英藏敦煌文献常常受阻的原因，高田先生认为，主要是负责编目的翟理斯工作进展缓慢，而且还相当封闭，这可能正是阻碍英藏敦煌文献全面公开的主因。"从学术史的角度而言，斯坦因的写本整理进度缓慢，在一定程度上阻碍了敦煌学的发展"（第105页）。

四

高田先生的论著，既有细致的考辨，又有宏观的论述。其评判虽然是个人的"学术史"，但能够超越个体，达到一个比较高的境界，从而使其能够比较冷静、客观、公允地来评判日本的敦煌学学术史。如通过日本学者在欧洲搜寻敦煌写本的历程，可以知道"战前帝国大学的教官公费留学、出差的机会很多，前往欧洲调查敦煌写本并非难事。在不算是资料大国的日本，正是因为有着这样值得铭记的事迹作为背景，日本的敦煌学研究水平才能位居前沿"（第104—105页）。

另如在《内藤湖南的敦煌学》中说："湖南是不做专题著作的学者，一般的理解是，把握历史的大流行趋势，指出其内在的性质是湖南治学的特点。为了捕捉大纲，是要用丰富的资料做证明的。湖南之所以耗费大量的精力收集文献资料也正在于此。"（第125页）"探访敦煌遗书，正反映了湖南收集资料活动的一个侧面，在这一点上，如果存在湖南的敦煌学的话，作为内藤湖南史料学的一部分当尽力探查。"（第126页）"在湖南的生涯中，与敦煌遗书最为接近的高峰期有两次，一次是明治末年的所谓的'敦煌热'的辉煌期，第二次是以旅欧为契机再度掀起敦煌热的时期。"（第127—128页）

　　在《羽田亨与敦煌写本》的最后写道："在敦煌学史中，虽然不能给予羽田亨很高的评价，但他在利用敦煌写本进行西域和回鹘史等学术研究方面的成绩，以及在较早时期将英法所藏敦煌写本带回日本，收集包括李盛铎旧藏写本的敦煌秘笈等方面，应该给予高度评价。"（第149页）

　　再如在《日藏敦煌遗书的来源与真伪问题》中写道："传入日本的敦煌遗书，几乎全部都是经古董商之手购买的，除李盛铎死后其子李滂直接转让的情况，路径非常可靠之外，其他往往都不可避免混有伪造之品。""日藏敦煌遗书一方面与并不光彩的窃取行为有着千丝万缕的联系，另一方面却被用于解开有关自身来路之谜的研究，这种状况的确具有讽刺意味。"（第175页）

　　这种理智地看待问题、分析问题、评判问题的学术态度，是我们从事学术史研究不可或缺的。

　　一本优秀的论著有这样那样的不足或失误也是正常的，尤其是已发表论文的汇编，由于写作的时代、原发表刊物的不同，可能会有重复或前后不一致之处。现就阅读中遇到的一点疑虑提出来，请作者斟酌考虑。

　　第58页关于2013年12月10日在台北参加"《傅斯年图书

馆藏敦煌遗书》出版志庆"活动时，说李亭佑作了《"中研院"傅斯年图书馆藏敦煌遗书》的工作报告。这里的"李亭佑"可能是陈亭佑。陈亭佑在2018年底出版的《中国典籍与文化论丛》第20辑上发表了《史语所敦煌研究考略——以傅斯年档案所见为主》，该文对作者的介绍是"台湾大学中国文学系博士候选人"。

高田先生认为，劫余的敦煌文献运抵北京后，"受罗振玉之邀，五位京都文科大学的教官组成了调查团前去观览"（第108页）。五教官赴北京调查敦煌文献，是中日学术史上的重大事件，学术界给予了较多关注，高田先生也有专文《明治四十三年（1910）京都文科大学清国派遣员北京访书始末》，似也没有材料证明是由罗振玉邀请的。只是说"此次调查活动的成行就是源于罗振玉陆续提供的信息"（第75页），这样的表述应该更加符合实际情况。

　　（本文原载日本京都大学人文科学研究所《敦煌写本研究年报》第14号，2020年出版）

当代中国敦煌学发展的真实画卷

由郝春文教授主持撰写的《当代中国敦煌学研究》作为"当代中国学术思想史丛书"之一出版了，这是一部划时代的中国敦煌学学术史专著。大家知道，与本丛书已经出版的各种断代史、专门史相比，敦煌学包含的面实在太广了，要找到合适的作者确实比较困难。读了本书，可以说这是一部优秀的中国敦煌学研究的学术史专著，虽然作者在"后记"中也明确说："由于敦煌学涉及的领域非常广泛，而我们的知识有限，所以不敢说所有评价都准确到位。特别是石窟保护和科技领域的研究成果，我们只能是硬着头皮进行总结。"（郝春文等著《当代中国敦煌学研究》，中国社会科学出版社 2020 年，第 521 页。下面引用本书只注明页码）但不可否认，郝春文教授是目前撰写当代中国敦煌学研究最合适的作者之一。

通读全书，我认为《当代中国敦煌学研究》有许多新的特点。

当代中国学术思想史丛书

编委会主任 谢伏瞻 总主编 赵剑英

当代中国敦煌学研究

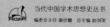

郝春文 宋雪春 武绍卫 著

中国社会科学出版社

《当代中国敦煌学研究》封面

一、对敦煌学理论提出了新的看法

首先，作者对中国敦煌学史提出了新的分期，即将 1909 年至 1949 年中华人民共和国的成立前定为第一阶段，这一阶段是敦煌学的兴起及其研究领域的拓宽时期；1949 年中华人民共和国成立后至 1978 年改革开放前为第二阶段，这一阶段的特点是敦煌学稳步发展，同时港台地区的敦煌学异军突起；1978 年改革开放后至 2000 年为第三阶段，这是敦煌学迅速发展的时期，作者将其定名为新时期的敦煌学；2001 年至 2019 年为第四阶段，这是我国敦煌学发展迅速并开始转型的阶段，作者将其定为转型期的敦煌学。这样的时代划分，可能还有不完善之处，但比起以前的敦煌学史分期，应该更符合中国敦煌学的发展脉络和时代特点。

其次，作者对敦煌学的概念或定义提出了新的看法。关于敦煌学的概念，周一良、姜亮夫、林家平等先生都曾有过讨论。1988 年，笔者也曾撰文探讨敦煌学的概念，提出"所谓敦煌学，就是指以敦煌遗书、敦煌石窟艺术、敦煌学理论为主，兼及敦煌史地为研究对象的一门学科"。郝老师认为这个定义比较准确，但不足之处是没有突出敦煌学的交叉学科特性，而交叉性正是敦煌学带有根本性的特点。因此，郝老师重新考察了敦煌学的概念，指出"敦煌学是以敦煌遗书、敦煌石窟艺术、敦煌史迹和敦煌学理论等为主要研究对象，包括上述研究对象所涉及的历史、地理、社会、哲学、宗教、考古、艺术、语言、文学、民族、音乐、舞蹈、建筑、科技等诸多学科的新兴交叉学科。这个定义既包括了敦煌学的研究对象及所涉及的学科，也强调了其学科属性为新兴交叉学科"（第 304 页）。突出敦煌学的交叉学科特性，正是郝老师敦煌学概念的独特之处。

二、这是一部学理性的当代中国敦煌学史

关于学术史的撰写，可能会有不同的标准、体例和要求，郝老师提出了四重境界：一是目录式，即将所有成果都列出来，并有简单的提要介绍。二是介绍式，即简要说明所列论著的具体贡献。三是学术史式，要分析所涉及论著的成就、特点和不足，力图展示该论著在相关研究历程和学术脉络中的地位。四是学理分析式，即在具体分析相关论著的基础上，从理论和方法层面分析考辨，写出高水平成果的原因和路径。现在，有些学科每年的研究综述，基本上就属于第一境界，即罗列目录和简要介绍，甚至撰稿者并没有阅读所介绍的论著，只是相关论著内容提要的汇总。郝老师认为现在的这本《当代中国敦煌学研究》"大约可以介于第二重和第二重境界之间。但有的部分也曾试图接近第四重境界"。读完本书，可知此言不虚，这是一本能够考镜源流、辨章学术，在认真研读大量敦煌学论著的基础上，力图从学理上分析，并将其置于学术史的层面来展示敦煌学研究的成绩、不足与发展或努力的方向。如关于石窟艺术的研究，如果说前几个阶段我国

学者的重点是解决敦煌石窟"是什么"的问题，现在，敦煌研究院赵声良团队则是要解决敦煌石窟"为什么这样"的问题。正是"由于与以往的研究重点不同，赵声良及其团队的成果具有视野更加开阔，注重中外艺术风格样式的分析比较和与中国美术史相关画家的比较研究等特点"（第407页）。在评述转型期敦煌书法研究时，作者指出："转型期的几部通论敦煌书法的著述，除毛秋瑾的《墨香佛音：敦煌写经书法研究》视角有所不同外，其他都是大同小异，和上一阶段沃兴华《敦煌书法艺术》相比，均未能取得实质性突破。"（第419页）认为"转型期有关中国敦煌学家的研究成果，从总体上看，以介绍居多，对相关学者的学术地位、学术价值、学术理路以及取得成就的原因等方面的分析，尚待加强"（第326页）。在敦煌乐舞艺术中，最引人关注的是敦煌的曲谱、舞谱的探讨，从日本学者林谦三之后，郑汝中、庄壮、陈应时等先生都对敦煌曲谱进行了解读，尤其是叶栋、席臻贯对敦煌曲谱的"破译"，曾引起过轰动乃至争议，作者在考察了国内外的研究状况后指出："国内外有关敦煌曲谱和舞谱的'破译'虽多，但因敦煌曲谱舞谱中表示音节、韵律和动作的语言和符号没有留下时人的界定。所谓'破译'全凭破译者个人的理解和猜想，所以诸家'破译'结果往往差异很大，难以取得共识。"（第239页）前已述及，作者将1978至2000年定为新时期，2001至2019年定为转型期，通过对中国敦煌学史全面考察后指出："就原创性而言，转型期比新时期减弱了，但低水平重复和平庸之作却多了起来。"（第490页）因为一个阶段以来，敦煌学很热，许多原来没有基础的学人也都投入其中，在没有进行严格的训练和认真学习、阅读文书和前人成果的情况下，就发表出版了相关论著，从而出现了"一些比目前已达到的学术水平低得多的过时产品"（第491页）。这些评述基本符合中国敦煌学发展的实际情况。

三、把握敦煌学的现状，展望敦煌学的发展前景

敦煌文献是敦煌学的主要研究对象，早期由于阅读敦煌文献原卷非常不便，只能或主要靠缩微胶卷整理敦煌文献，从中国科学院历史所的《敦煌资料》，到唐耕耦等先生的《敦煌社会经济文献真迹释录》、敦煌古文献编委会的《敦煌文献分类校录丛刊》（10种12册），基本上都是在这样的条件下完成的。新世纪以来，经过敦煌学界和出版界的共同努力，世界各国所藏敦煌文献已经基本公布，为学术研究提供了极大的方便。但敦煌文献毕竟是写本时代的产物，其文字比较凌乱，还有许多河西地方的方言和方音，尤其是各国、各地所公布的敦煌文献，基本上都是馆藏流水账式，再加上已出版的敦煌图录本数量多、价格昂贵，不要说个人，就是许多图书馆都无法收藏，因此，整理、释录敦煌文献，能够为一般读者或学者方便使用，是敦煌学界的重要任务。从目前来看，敦煌文献的校释整理主要有三种范式：一是张涌泉策划

组织的《敦煌文献合集》工程，即通过全面核查，将所有汉文佛经以外的敦煌文献按传统的四部分类法进行整理，在分类、定名、缀合、汇校的基础上进行释录。已出版的《敦煌经部文献合集》，将已知的敦煌经部文献几乎网罗殆尽，尤其张涌泉是语言文字方面的权威学者，文书的释文比以前的工作有了很大提高，是百年来敦煌经部文献的集大成著作。二是郝春文策划组织的《英藏敦煌社会历史文献释录》，即按馆藏流水号对敦煌文献中的非佛经文献进行释录，这样可以最大限度地避免遗漏，也弥补了分类释录的不足。从已出版的16卷可知，《英藏敦煌社会历史文献释录》在对文书进行定性、定名、定年的基础上，每件文书一般包括标题、释文、说明、校记和参考文献。为了提高释文的准确性，团队成员几乎每年都到伦敦核查原卷，从而使释文的整体质量已经超越了日本学者的成就。三是按分类校录的办法对某类敦煌文献进行汇校释录，如《王梵志诗校注》《敦煌契约文书辑校》《敦煌社邑文书辑校》《敦煌吐鲁番医药文献新辑校》等。这种专题的汇校，作者往往是相关领域的专家，汇校的成果也相对能保证质量，从而为学者们广泛利用。

　　虽然敦煌文献的整理刊布取得了巨大的成绩，但还有许多重要工作尚待完成。对此，郝春文教授指出，敦煌文献的图版需要升级换代，即要用高清彩色图版或红外摄影图版替换原来的黑白图版。因为敦煌文献中有很多朱笔校改和句读，这些朱色墨迹在黑白图版上很难显示，如果是高清彩色图版，朱色墨迹就能显示出来。另外，毕竟敦煌文献是一千多年前的写本，墨迹的浓淡也不一样，有的墨迹已经脱落；有些因各种污染也遮蔽了原来的文字，这在黑白图版上都无法显示，如果是高清图版或红外摄影图版的话，就可以明显增加这类文字的清晰度，有助于正确辨识图版上的文字。当然，这种彩色图版的升级换代，既需要国际合作，更需要敦煌学专家和出版家的共同努力。

通过对百年来敦煌学研究的回顾与总结，基本厘清了目前的研究现状，遇到的问题与困境，需要解决或加强的方面。作者认为，敦煌学有些方面的研究已相当深入，近期再投入较大的力量也不易取得很大的进展，似可暂缓投入。"但从整体上看，研究比较深入、比较全面的专题还不够多，许多方面有待加强，不少方面有待展开"（第484页）。如归义军的政治史、经济史、民族史研究相对深入，但佛教史、社会史和文化史还需要投入力量。有些方面甚至需要较长时间的准备以后才能进行总结，如敦煌佛教史，应该先进行"敦煌佛寺志""敦煌的佛教与社会"等专题研究后，才有可能从事总结性研究。

正是因为有了这样的认识，郝老师指出："未来的敦煌学专题研究应进一步加强。因为只有在深入的专题研究的基础上，才有可能写出有分量的专史，而各方面专史的完成又是全面综合研究的必要准备工作。"（第484页）这种准备工作可以说已经进行了很长的时期，由于敦煌文献的大部分被劫往国外，早期的敦煌文献整理与研究，由于受资料的限制，往往是搜宝式的获取文献，也只能就所见少量文献甚至一件文献进行探讨，这样的研究当然是点式的，所得出的结论也可能有局限，很难进行专题或综合研究。新时期以来，由于英、法、俄和我国各地各单位收藏文献的公布，对敦煌文献进行分类整理和专题研究成了可能，从而出现了分类校录丛刊和专题研究论著。但对各类文书、各个专题、各个学科进行综合的研究工作还比较薄弱。如我们还没有一部系统的高质量的敦煌史，而要将敦煌地区作为一个整体研究，既要从整体上把握敦煌资料，同时还要将传世文献、考古发现、地方志资料等有机结合。在此基础上完成政治、经济、宗教、文化、民族、艺术等各方面的专题后，才能撰写出综合性的《敦煌史》。当然，如果先从史学的角度完成《敦煌二千年》或《敦煌历史》，更是目前所急需的。

经过一个世纪的努力，到 20 世纪末，中国学者完成的分类校录本已经涵盖了敦煌文献的重要方面，同时在敦煌学研究的许多重要领域都做出了总结性或开创性的论著。由此郝老师指出："可以毫不夸张地说，国际敦煌学多数前沿制高点都被中国学者占据了，完全掌握了国际敦煌学的主导权和话语权。"（第 4 页）这个结论基本上是准确的，因为与 20 世纪 90 年代以前相比，现在国际敦煌学的重要会议，如果没有中国学者参与，肯定是要打折扣的。但我们绝对不能自满，需要加强或努力的方面还很多，如在民族文字，尤其是死文字方面，我们还缺少发言权，甚至很少有人能识读。另外，敦煌学经过百年的发展之后，在研究范式、重点、内容等方面都遇到了困境，"这种困境也推动了很多学者深入反思敦煌学的转型"（第318页）。但何谓转型，如何转型？则是我们不得不认真思考和对待的问题。面对敦煌学的转型，我们应该有所作为，做出无愧于时代的贡献。

　　（本文为郝春文教授等著《当代中国敦煌学研究》简评，原载《光明日报》2021年2月8日理论版，刊发时因版面有限，有所删节）

一位学者的成长与一个时代的学术

作为新三级学人（1977、1978、1979年入学的大学生），荣新江先生是很有代表性的。他1978年考入北京大学历史系中国史专业，1982年大学毕业后又考上本系研究生，师从张广达先生学习隋唐史和中外关系史，1985年研究生毕业后留校工作，一直身处全国的学术中心，得到了北京大学张广达、邓广铭、季羡林、周一良、王永兴、宿白、田余庆、叶奕良等先生的指导和帮助。由于在首都北京工作，能够向北京及周边地区科研院所的先生们，如冯其庸、杨志玖、宁可、王尧、沙知等请益和问学。再加上其学术面广，是我辈学人中赴欧美、日本及台港地区访学最多的学者之一，所以与国际学界的著名学者，如日本的藤枝晃，俄罗斯的李福清、马尔沙克等学者也有交流。最近由中华书局出版的《从学与追念：荣新江师友杂记》，就是他与这些学者及友朋交往的记录，既是个人从学的回忆，又有对逝者的追念；既是荣新江从一个青年学子成长为学术大家的记录，又是一个时代敦煌学学术

《从学与追念：荣新江师友杂记》封面

史的珍贵史料。

　　荣新江的研究面比较宽广，在敦煌学、中古史、西域史、中外关系史等方面都有高质量的成果问世。如果将他的所有研究以敦煌作为中心来看就很清晰，敦煌学的主要材料是唐代的，从史学角度研究敦煌学的学者，基本上都是隋唐史专业出身，而敦煌作为丝绸之路的"咽喉"，是经营西域的前沿基地，又与中外关系史、西域—中亚史有着非常密切的关系。

一、一位学者成长史的真实记录

　　作为"新三级"学人的代表，荣新江是幸运的。20世纪70年代末80年代初，在"科学的春天"到来时，敦煌学方兴未艾，当时北大的一些先生们开始大力推动敦煌学研究，并成立了中国中古史研究中心，编辑出版了五卷《敦煌吐鲁番文献研究论集》，奠定了北大在国际敦煌学界的地位。当年，王永兴、张广达先生在北大历史系开设"敦煌文书研究"课程的同时，还由他们倡导，并在他们周围慢慢"形成了一个敦煌研究的圈子，包括东语系的季羡林先生、历史系的周一良先生和宿白先生、中文系的周祖谟先生等等"（《从学与追念：荣新江师友杂记》，第114页。下面引用本书只注明页码）。"北大图书馆对于王先生为主导的这个敦煌研究小组给予很大的支持，特别把图书馆的219房间，作为并没有正式名称的这个敦煌小组的研究室"，将图书馆新购进的法藏、英藏和北图的敦煌缩微胶卷，全部放在这个研究室里，同时从图书馆的书库中调集了五百多种中外文敦煌学方面的图书，包括《西域文化研究》等。因为荣新江是学习委员，也负责这个研究室，拿着这个房间的钥匙，"所以除了上课的时间，我都在这个屋子里'值班'，这既给我浏览全部敦煌文书缩微胶卷的机会，也使我得以饱览集中到这个研究室中的敦煌学著作。不论是老师还是研究生来，都是我帮他们找到要看的那卷缩微胶卷，或者是相关的图书"。（第115页）"如果哪位老师需要找缩微胶卷中哪个号的文书，我就事先把胶卷摇到哪个号的位置，等老师来看"（第254页）。这在今天的许多青年学子来说，简直是不可思议的，也会被认为是额外的负担。新江君却能长期坚持下来，既能方便其浏览全部敦煌文书缩微胶卷和这里的敦煌学著作，又能在帮助老师们准备缩微胶卷和图书时，获得教益，向老师们学得更多的知识。

从荣新江的论著可知，他不仅对敦煌吐鲁番汉文文书非常熟悉，而且在敦煌、西域的民族历史研究中也比较得心应手。原来一直不知道他是怎么做到的，读了本书，才知道他还在藏文文字的学习上下过功夫。如80年代中期跟随王尧先生学习古藏文的经历就很有启发。

为了利用敦煌藏文文献，新江君先参加了一个藏文的速成班，"一年下来，非常见效，学会了基本的文字、语法知识，翻着《藏汉大辞典》，可以读一些简单的藏文了"。但他"学藏文的目的是想看敦煌的藏文文书，这些文书是古藏语写成的，只有现代藏语的知识还无法上手。而当时对敦煌古藏文文书进行释读并翻译的学者，主要就是王尧先生和他的合作者陈践老师"。在这种情况下，他又"插班去听王尧先生的古藏语课，向他学习如何解读敦煌藏文文书"。（第216页）同时购买了王尧和陈践先生的《吐蕃金石录》《敦煌吐蕃历史文书》《吐蕃文献选读》《敦煌本藏文文献》《吐蕃简牍综录》等。"对照藏汉两种文本，一个字一个字地阅读和学习。这样做，一方面是积累古藏文的词汇，另一方面也是把一些最基本的敦煌藏文文献熟悉起来"（第217页）。通过古藏文的学习，荣新江不但利用古藏文文献和归义军时期的敦煌汉文文书，探讨了通颊部落作为吐蕃王国在东北边境设置一级军政组织，到归义军时期又演变为部落的全过程，完成了《通颊考》一文，在《文史》和英文本《华裔学志》（德国出版）同时发表。而且对他"后来研究敦煌吐蕃时期、归义军时期的历史，以及研究于阗历史，都有着非常重要的帮助"（第219页）。这样我们也就理解了新江君在敦煌、西域民族历史研究方面取得成绩的原因了。除了《通颊考》外，他还有《龙家考》、《据史德语考》（与段晴合著）、《甘州回鹘成立史论》、《所谓图木舒克语中的"gyaźdi-"》等文及于阗、吐火罗语研究的论著。

　　20世纪80年代，学生与老师的关系比较密切，学生们可以经常到老师家中去聊天、问学，而且还常常帮老师跑腿。如王永兴先生给历史系学生开设"敦煌文书研究"课程时，王先生都是用一个大包裹皮兜着一堆书去教室，荣新江作为中国史班的学习委员，也就成了这门课的课代表，所以王先生每次上课时，他"就骑车先到健斋（王先生住处）去接王先生，把他要带到课堂上的书挂在车把上或驮在后座上，和王先生一起，一边聊一边走向教室，上完课再送他回去。记得冬天下雪时，我也不敢骑车，就一手提着那个大包裹，一手搀扶着王先生"（第112—113页）。当王先生来研究室看书时，"我经常把他从图书馆借的书送到他健斋的家里，因为他那时一个人住，所以后来连换煤气罐、到邮局送信发电报之类的活，都是我来帮他做的了"（第115页）。这可能是我们那个时代特有的一道风景吧！也只有与老师这样密切的近距离交流和来往中，老师才会无意中将自己的看家本领毫无保留地教给学生。人文科学的学人并不是在教室里教出来的，而是在导师的书房中聊天聊出来的。

二、敦煌学术史的珍贵史料

人生的许多事，大部分都是在实施过程中逐渐创造条件，或不断改善条件而完成的，很少有将所有条件准备充分才开始的。在八九十年代，学术著作出版非常困难的境况，今天的年青学子绝对无法想象。如《敦煌吐鲁番研究》的创办就是一例。此前，香港中华文化促进中心资助饶宗颐先生，每年出版一期《九州学刊》的敦煌学专号，荣新江曾帮饶先生组稿编辑。当编辑了两期专号后，他认为这笔钱可以支持在大陆办一个专刊。1994年3月，当新江兄再次到香港后，就"与饶公商定，把原本由中华文化促进中心资助《九州学刊》敦煌学专号的经费，转到北京，单独办一份《敦煌吐鲁番研究》专刊。这就是1995年开始在北京大学出版社出版的《敦煌吐鲁番研究》，由季羡林、周一良、饶宗颐三位先生主编，我负责具体编务，前六卷的具体工作就是我来做的"（第267页）。但出版过程中遇到的困难，甚至差点夭折的情况，一般的学人是不可能知道的。即《敦煌吐鲁番研究》到第4卷出版时，香港的资金没有到位，"几位老先生也是一筹莫展。于是，我们想到冯其庸先生，由柴剑虹出面，向冯先生汇报了情况。冯先生一口答应帮忙解决，不久就安排了一位企业家与我们编委的几个同仁开会，那位企业家听了情况说明后，溜之大吉。冯先生听说后很生气，随即自己掏腰包，给了我们出版一卷的全部经费……如果没有冯先生的雪中送炭，《敦煌吐鲁番研究》恐怕到第3卷就会夭折，那样就应了日本学者在我们创办刊物时说的一句话，'有很多三期刊物'，就是办了三期就办不下去了。好在我们有冯先生，让我们渡过了难关"（第247页）。

作者笔下的宁可先生，是老一代知识分子的一个缩影。宁先生为了主编完成《英藏敦煌文献》S.6981以后的部分，让新江君协助第11—13卷的标目，当时宁先生正在住院，不顾身体，在医院每天讨论，因为探视时间的限制，宁先生让荣新江从楼房的后面翻进阳台，在病房里一天一天的工作。"我们不必用赞扬焦裕禄的话语去表彰宁先生，他其实是秉承了中国知识分子优良的传统，锲而不舍，学术高于一切"（第177页）。宁可先生在学术上有许多建树，但他发表的敦煌学论文并不多。作为敦煌吐鲁番学会的领导人，"他对敦煌学的贡献，更多地体现在他参与编纂的《敦煌学大辞典》《英藏敦煌文献》等敦煌吐鲁番学会主持的大型图书成果当中"（第178—179页）。这正体现了一位学术领导人和学术组织者的担当与责任，也是值得今天的青年学子学习的。

宿白先生是考古学的大家，他的文献功夫非常深厚，对石刻文献也是烂熟于心。对莫高窟的早期营建史来说，最重要的文献就是原立于第332窟前室南侧的《李君莫高窟佛龛碑》（即《圣历碑》）。可惜的是该碑在1921年被流窜在莫高窟的白俄军人折断，上截碑石已佚，下截残碑现存敦煌研究院陈列中心。"宿先生却在北大图书馆收藏的数万张拓本中，找到刘喜海、缪荃孙递藏的碑石未断时拓本，再利用法藏P.2551敦煌抄本，复原出原碑形式，并整理出完整的碑文。在此基础上，宿先生利用碑文所记从乐僔、法良，到东阳王、建平公，在相关的系列文章中，对莫高窟早期的营建史，做出自成体系的解说"（第258—261页）。这类学术史的重要资料，如果不是荣新江将其记录下来，可能就会湮没无闻了。

新江君是我们这代学人中走访海外敦煌吐鲁番文书收藏机构最多的学者，也与许多学术大家有交往，本书中也提供了许多这方面的信息，使我们对国际学界有了更多的了解。在《怀李福清》一文中披露，在莫斯科的俄罗斯国家图书馆东方中心，"里面有满铁和大连图书馆的藏书。这些应当是 1951 年苏联红军从东北撤出时转移过来的'战利品'，但这类图书到底有多少，值得再来仔细调查"。

敦煌文献被誉为中国中古时期的"百科全书"，敦煌壁画又被法国人称为"墙壁上的图书馆"，所以敦煌学与许多学科都有交叉。本书中的多篇文章都涉及了相关的问题，虽然都是寥寥数语，却是画龙点睛，很有启发。如敦煌文献数量庞大，内容博杂，而且以佛典居多，"所以要从中拣选出最具学术价值的文书，除了要有雄厚的学养外，还要独具慧眼"（第 2 页）。"东汉以来，梵书胡语流入中国，对汉语影响至巨。但陈寅恪先生以后，治汉语史且谙梵文者不多"（第 12 页）。现在，"敦煌学界虽然有人在研究佛典和俗文学作品时可以广泛使用汉译佛典，却很少能够熟练运用梵汉对证的方法，追本溯源"（第 53 页）。

三、提供了一些学术史的信息

我从事敦煌研究后，一直比较关注敦煌学学术史，近年又重点研究学术史，但许多学术史的信息，我还是从新江君的书中第一次知道。如沙知先生的《敦煌契约文书辑校》（江苏古籍出版社 1998 年）是我们的案头必备书，但不知道沙先生后来利用在俄罗斯调查敦煌写本的收获和《俄藏敦煌文献》中公布的图版，"将俄藏敦煌契约文书校录补充一过，作为《补遗》，印入再版本中"（第280页）。由季羡林先生主编的《敦煌学大辞典》，自然是敦煌学子们常用的工具书，但"最主要的实际主持人是宁可和沙知先生，而催稿人则主要是沙先生"（第281页）。另外，荣新江编的《向达先生敦煌遗墨》所收向达致曾昭燏的信，因为与原件图版进行了校对，比南京师范学院中文系编《文教资料简报》上的更加可靠。这是沙知先生从美国友人处帮忙找到曾昭燏的后人，"获得向达敦煌考察期间致曾昭燏信的所有图版"（第284页），这才有了校对精良的本子。

宿白先生不仅对北大图书馆所藏石刻、文献非常熟悉，就是对北大所藏数量不多的敦煌吐鲁番文书也很熟悉。"他在内部发行的考古学教材中，曾提到北大图书馆藏的北凉赀簿，引起朱雷先生的注意。朱雷在宿先生的帮助下，在北大图书馆得见原件，撰写了《吐鲁番出土北凉赀簿考释》（《武汉大学学报》1980年第4期），结合科学院图书馆所藏同组文书，考证其为《北凉高昌郡高昌县都乡孝敬里赀簿》，大大推进了十六国时期的田亩赋役制度研究，也为后来吐鲁番文书的整理，提供一份标本性的文书"（第262页）。这对了解朱雷先生的吐鲁番文书整理与研究工作，提供了更为细致的材料。

饶宗颐先生的学问非常广博，成果非常突出。但没有正式上过大学的饶先生，如何能产生这样巨大的学术成果，确实是一个难解之谜。本文探讨了饶先生取得巨大成就的各种因素，其中饶先生于 1949 年移居被认为是"文化沙漠"的香港后，"当时也很担心这里能否做学问。但后来发现，此时的香港，可以说是三国时期的荆州，在各地兵荒马乱的岁月里，某个地方如荆州，居然暂获安稳，聚集了一批天下英才，一时间学术文化也达到一定的高度。他说 50 年代以来的香港，正是如此，大量的人才、资金、图书都汇聚在这里，为这里的学人，提供了相当好的治学条件"（第271 页）。如 50 年代英藏敦煌缩微胶卷"一开始出售，香港一位有钱人就买了一套，提供给他做研究"，"饶公敦煌学研究首先受益于伦敦所藏敦煌缩微胶卷，然后才是到法国讲学期间系统整理敦煌曲和敦煌白画"。（第 272 页）这些都是非常重要的敦煌学学术史信息。

《从学与追念：荣新江师友杂记》所收各文，在当初发表时，我在不同的时期基本上都读过，现在又集中起来，全部重读一遍，印象更加深刻。以上我仅从自己比较熟悉的学术史角度予以介绍，实际上本书所涉及的知识面很广，信息量很大，值得重视与推荐。

2020 年 11 月 24 日

（本文为《从学与追念：荣新江师友杂记》书评，原载《中华读书报》2020 年 12 月 16 日，发表时略有压缩）

敦煌藏经洞发现120年访谈录

　　1900年6月22日，敦煌莫高窟藏经洞被发现。100多年来，几代学人耕耘学田，薪火相传，敦煌学取得长足发展，名家辈出，成就斐然。敦煌文书与殷墟甲骨、汉晋简牍、内阁大库档案被誉为中国近代学术史四大发现，而今敦煌学百余年来的学术史成为学界关注研究的重要领域。浙江大学教授刘进宝近年致力于敦煌学学术史研究，目前承担国家社科基金重大项目《敦煌学学术史资料整理与研究》。"辨章学术、考镜源流"，刘进宝学术团队从第一手的档案资料入手，对我国各地相关学术机构收藏的敦煌学学术史的档案、20世纪报刊上相关信息报道、学者日记、书信中的资料等进行搜集整理，在此基础上，编辑出版敦煌学学术史的资料整理与研究丛书，力争为学术界提供一份真实可信的史料。"钱塘江边思敦煌，潮起潮落两甲子。"在敦煌藏经洞发现120年之际，记者围绕相关问题采访请教了刘进宝教授。

中国社会科学网：从 1900 年 6 月 22 日敦煌藏经洞被发现，到 2020 年的今天已整整 120 年。作为一位敦煌学领域专家，一位近年致力于敦煌学学术史的学者，一位在钱塘江边的甘肃籍学人，在这一天想谈点什么。

刘进宝：在 2000 年纪念敦煌藏经洞发现 100 周年时，有的新闻媒体在报道中说是敦煌学 100 年，还引起了相关专家的意见，即不能将藏经洞的发现等同于敦煌学的出现。2009 年我主编的《百年敦煌学：历史·现状·趋势》出版，就是将 1909 年作为敦煌学的起始。今年是敦煌藏经洞发现 120 周年，我还是有一点想法，想重新思考一些问题，一方面想重新思考敦煌学的起始，我原来赞成的 1909 年是否科学？是否可以将藏经洞的发现作为敦煌学的起始？另一方面想重新探讨"敦煌"名称的来源与含义。感觉以前的说法虽有道理，但还无法让人完全信服。

中国社会科学网：有句话叫"我在现场"。通过阅读您的一些研究论著，可以说您是改革开放以来敦煌学学术史上一些重要事件的现场见证者。您近年陆续做了很多敦煌学学术史研究工作。请您简要讲讲，是什么样的契机促使您开始关注和进入敦煌学学术史研究的。

刘进宝："我在现场"，这句话有意思。从改革开放后敦煌学的发展来说，我好像真的是一些重要事件的见证者，或者说就是"我在现场"。我是 1979 年考入兰州的西北师范学院（今西北师范大学）历史系，我们上大学时，敦煌学已方兴未艾，我们的系主任金宝祥教授、系总支书记陈守忠教授都对敦煌学比较关注，曾邀请敦煌文物研究所的专家来系讲学。日本学者池田温的《中国古代籍帐研究》出版后，赠送我们历史系一册，系里即安排龚泽铣教授翻译。由于这许多因素的影响，我也开始关注敦煌和敦煌学，购买了新出的书刊，也注意收集有关敦煌学的信息。

1981 年 5 月，日本学者藤枝晃在南开大学作了敦煌学的系列讲座，我后来的博士生导师朱雷教授就是听讲者，讲座结束后还协助南开大学整理了藤枝晃的讲稿《敦煌学导论》。当他得知我关注敦煌学学术史，多次给我讲了当时的相关情况。"敦煌在中国，敦煌学在日本"并不是藤枝晃说的，而是介绍藤枝晃的南开学者说的。还将他整理的《敦煌学导论》转送了我。藤枝晃在南开讲座后要去敦煌参观，路过兰州时在西北师范学院作了"现阶段的敦煌学"讲座，当时讲座的主持者就是金宝祥教授，是我后来的硕士生导师。就是在当年的讲座后，出现了"敦煌在中国，敦煌学在日本"的说法。我是当年现场的听讲者，后来又在 1987 年、1988 年和藤枝晃有过接触和交谈。可以说是这　问题的当事人和见证者，所以专门写了辨析文章《敦煌学史上的一段学术公案》，在《历史研究》2007 年第 3 期发表后，新华社以《中国学者澄清"敦煌在中国，敦煌学在日本"学术公案》为题发稿报道。

最近我又找到材料，在 1979 年初的中国历史学规划会议上，就有学者说"敦煌在中国，研究中心在日本"。后来又有"敦煌在中国，敦煌学在外国"之说。当1981年藤枝晃来南开讲座时，主持者为了突出日本和藤枝晃，就讲了"敦煌在中国，敦煌学在日本"的话。

1983年大学毕业后，我留校到刚成立的敦煌学研究所。8月在兰州召开中国敦煌吐鲁番学会成立大会时，西北师范学院也是会议的主办单位之一，我被派在会上做服务工作，学校也将我平时搜集的敦煌学论著目录油印在会上交流，从而与许多学界前辈有了接触，也见证了许多历史场面。如当时22位学者给中央领导的信，我还保留有兰州会议期间的初稿，并有10月北京的修改稿及中央领导批示的复印件。

1985年、1988年、1992年、1996年及以后的中国敦煌吐鲁番学会主办的会议我都参加了。可以说，从1983年学会成立大会及以后的会议全部参加者，可能并不多。而我现在又从事敦煌学术史的研究，肯定是一笔宝贵的资源。

龚泽铣先生早年留学于日本东京大学，是我们的世界史老师。当池田温的《中国古代籍帐研究》于1979年出版后，东京大学东洋文化研究所寄赠我们历史系一册，系领导马上认识到这部书的价值，就安排龚先生翻译，这就是1984年中华书局出版的《中国古代籍帐研究》。当2003年中华书局拟新出带图版的《中国古代籍帐研究》时，要取得翻译者龚泽铣先生的授权，而这时龚先生已经去世多年，子女们又不在国内。受中华书局汉学编辑室主任柴剑虹先生的委托，我请吴廷桢先生（1984年《中国古代籍帐研究》出版时，吴先生任西北师范学院历史系主任）写了情况说明，这就有了2007年中华版的《中国古代籍帐研究》。

我是学习和研究历史的，原来做归义军经济史的研究。2006年我在南京师范大学主办了"转型期的敦煌学：继承与发展"国际学术研讨会。何为"转型"？实际上当时我们也不十分清晰，就是觉得经过100年的发展，敦煌文献已基本公布（或即将公布），"搜宝式"的收集敦煌文献的时代已经结束。下面应该进行综合全面的整理和研究，即在继承前期成果的基础上进行新的探索。

会议以后，我就考虑，敦煌学马上就100年（我当时赞同1909年说）了，我们应该对这100年的敦煌学进行总结，即前人做了哪些工作，还有哪些不足？我们目前面临的困境是什么，以后如何发展？等等。有了这些想法后，我曾在多个场合呼吁，希望相关的研究机构或中国敦煌吐鲁番学会来组织这项工作，但并不理想。当时我心里还是比较焦急，就是这项工作确实应该尽快开展，我们这代人该做的事不能推给下一代，我们这代人该做的工作，下一代不一定比我们做得更好，可能条件、机会还不如我们。一代人有一代人的责任和义务。正是基于这样的想法，2007年，我以"敦煌学百年：历史、现状与发展趋势"为题，请了几位历史学方面的专家作了一组笔谈。有些刊物的编辑得知我在组织这样的笔谈，便提出给他们的刊物也组织相关稿件。受此启发，我将约稿的面扩大，除了在《中国史研究》《社会科学战线》《学习与探索》《新疆师范大学学报》《南京师大学报》发表专栏笔谈外，全部约稿 50 多篇编为《百年敦煌学：历史·现状·趋势》一书，在 2009 年敦煌学百年之际由甘肃人民出版社出版。

正是因为组编《百年敦煌学》，我的兴趣和关注的重点也转移到学术史方面，这就有了 2011 年中华书局出版的《敦煌学术史——事件、人物与著述》一书及随后的一系列学术史文章。也有了 2017 年的国家社科基金重大招标项目《敦煌学学术史资料整理与研究》。

中国社会科学网：关于敦煌学学术史研究，请介绍项目组的主要工作和进展，下一步准备推进哪些工作。

刘进宝：如果说此前的敦煌学术史研究，主要侧重于著述的话，我们从事的敦煌学学术史研究，则是事件、人物与著述并重，而且更加关注敦煌学术史上的重大事件，如向达敦煌考察的身份、张大千是否破坏敦煌壁画、国立敦煌艺术研究所的成立背景及曲折过程、1945 年敦煌艺术研究所是撤销还是改变主管单位、一些重要人物的特殊贡献及作用，等等。我们都是从第一手的档案资料入手，就是已经发表的文章、报道等，也要找到原始的报刊。尽可能不使用学者本人和后人编辑的文集等。

我们已经对各单位收藏的敦煌学学术史档案进行了初步的整理，并进行认真的核对。同时，对 20 世纪报刊上相关的通讯报道也进行了拍照和录文，还有学者日记、书信中的资料等，也正在进行整理。

前面说过，敦煌学学术史除了事件和著述外，还有机构和人物。而从事敦煌学史的研究，敦煌研究院和国家图书馆都是重要的机构，敦煌学史上的许多重大问题都与它们有关，而常书鸿、段文杰、樊锦诗三位院长执掌敦煌研究院70多年，更是无法绕开的。相对而言，对常书鸿和樊锦诗了解或研究较多，对段文杰的研究则相对少一点。我们得到了段文杰先生之子的信任和支持，给我们提供了段先生的几百封书信。我们做了分类整理和录文。还要做一些更加细致的校核工作，并继续收集段先生的书信及其他资料，进行综合的研究。

在此基础上，我们将编辑出版敦煌学学术史的资料整理与研究丛书，力争为学术界提供一份真实可信的史料。当然，是否能真正做好，则只有等待学术界的评判了。我们只能是在自己的能力和水平范围内，尽可能做好，即我们尽心、尽力，问心无愧就行了。

敦煌是丝绸之路上的"咽喉"之地，自国家提出"一带一路"倡议后，敦煌和丝绸之路更加引起了世人的关注。历史学的研究既要仰望星空，又要脚踏实地，对接国家的需求，经世致用。在这种背景下，我们整合了学术团队，创办了《丝路文明》学刊和《丝路文明通讯》。

中国社会科学网：您提到《丝路文明》和《丝路文明通讯》，可否介绍下这两份学术资料，特别是《丝路文明》的办刊定位和目标。

刘进宝：2013年我调到浙江大学后，即将学术的重点放在敦煌学与丝路文明方面，也有了编辑《丝路文明》的设想。但由于我一个人，实在没有精力和时间，就一直没有付诸行动。2016年，冯培红、孙英刚加盟浙大，我感觉有力量来创办《丝路文明》学刊了。我们几个人一合计，就开始组稿编辑。2016年底，上海古籍出版社出版了第一辑，以后每年一辑。现在已经出版了四辑，第五辑正在组编中，下半年即可出版。除了我们三人外，我们的团队还有马娟、罗帅、秦桦林三位老师。另外还有博士后宋翔、赵大旺及博士、硕士研究生。

《丝路文明》学刊以丝绸之路为主线，以阐释古代多元历史文明的交流与互鉴、推进当代东西文化交流为宗旨。将"丝绸之路"的研究置于中外政治、经济、文化交流的大背景下，即重视文明的发展、交流与融合。

为了办好《丝路文明》学刊，我们成立了由国内外专家组成的编委会。我们的编委不是挂名的，要实实在在地写稿、组稿、荐稿和审稿，这样才能保证刊物的质量和水平。

《丝路文明》学刊注重原创，尽可能发表高水平的学术论文。我们的办刊宗旨也得到了学界的认可和肯定，从已经出版的四辑和正在编辑的第五辑论文作者可知，除了我们团体成员的成果外，仅中国大陆的学者，就有朱雷、郑学檬、徐文堪、刘迎胜、柴剑虹、王子今、荣新江、林梅村、唐晓峰、吴丽娱、芮传明、李锦绣、李华瑞、王冀青、张学锋、孟宪实、黄正建、鲁西奇、刘乐贤、朱玉麒、李鸿宾、尚永琪、王永平、刘建丽、张元林、杨宝玉、施新荣、马建春、拜根兴、杨富学、潘晟、孙伯君、白玉冬、张小贵等教授，可以说，都是活跃在学术前沿的著名学者。他们将自己的论文交给《丝路文明》，这是非常难得的。在感到欣慰的同时，也鞭策我们一定要将刊物办好，对得起这些学者的信任和支持！

至于《丝路文明通讯》，则是我们内部印发的资料，仅仅是我们科研活动的反映。主要是为了留存资料，也让学校相关部门及有关单位了解信息。

中国社会科学网：随着《浙江学者丝路敦煌学术书系》陆续出版，这套丛书的学术影响越来越大，请您介绍下这套丛书的基本情况。

刘进宝：敦煌在甘肃省西部，浙江虽然与敦煌远隔千山万水，但却是中国"敦煌学"研究的发祥地，并且至今仍然是敦煌学研究的重镇。清末以来，以罗振玉、王国维为首的一大批浙籍以及长期在浙江生活的学者，在继承和发扬传统的西北史地之学的基础上，为推动中国"敦煌学"的创立、形成与发展都作出了重要的贡献。

浙江大学（含杭州大学）是全国敦煌学研究的重镇之一。早年姜亮夫、蒋礼鸿先生做出了开创性的工作。1984年，受教育部委托，由姜亮夫教授主持，在杭州大学举办了敦煌学讲习班。1985年，以当时的杭州大学为主，成立了浙江省敦煌学研究会。

这是全国成立最早的省级敦煌学会，也是甘肃以外唯一的敦煌学会。现在，除了我们历史系的团队外，在语言文字方面，以张涌泉教授为首的团队成绩卓著，在敦煌石窟的数字化方面，也是成果丰硕。可以说，不论旗帜性的人才，还是标志性的成果，浙江大学都在全国占有重要地位。

正是为了总结以浙大为主的浙江学者在敦煌学与丝路文化研究方面的成绩，在浙江大学领导、社会科学研究院和浙江大学出版社的支持下，由柴剑虹、张涌泉和我共同主编了一套反映浙江学者敦煌学与丝绸之路研究成果的丛书《浙江学者丝路敦煌学术书系》。我们三位，由于我年龄最小，所以柴、张二位老师就推荐我为执行主编，做一些具体的事务。实际上，所有的事都是我们共同讨论，主要由他们两位定夺，我只是做一些具体的事务性工作，如与作者联系组稿、与出版社联系编辑，催发稿费、寄送样书等。

《书系》所选收的作者由两部分组成：一是在浙江以外地区生活、工作的浙江籍的丝路敦煌学者，一是生活、工作在浙江的丝路敦煌学者。我们选定的学者，每位编选一本自己最有代表性的丝路敦煌学论著，每本约 25—30 万字。已经去世的学者由其弟子或家人编选。

《书系》计划分两批共 40 本，目前已出版 20 多本，还有四五本正在编辑印刷中。在已经出版的 20 多本中，已经有四五种重印了，有的还是第三次印刷，同时已经有 6 本入选国家社科基金中华学术外译项目，可以说获得了社会效益和经济效益的双丰收。

中国社会科学网：从1900年藏经洞发现到今天已120年，您认为我国的敦煌学当前发展到什么阶段。

刘进宝：经过几十年的发展，我国的敦煌学研究，取得了巨大的成绩，改变了"敦煌在中国，敦煌学在外国"的局面，已经在国际学术界占有了重要的地位。目前是世界上研究人员最多、成果最丰富的国家，在某些方面站在了学科前沿，代表了敦煌学研究的最高水平。现在要召开国际性的敦煌学研讨会，如果没有中国学者参与肯定是不完美的。但不可否认，我们还有许多的不足，敦煌学中的许多问题还没有搞清楚，可以说是任重道远。

中国社会科学网：在您看来，当前敦煌学研究主要存在哪些不足。

刘进宝：目前学术研究的条件、资料获取的途径、信息传递的渠道，都发生了翻天覆地的变化。由于各种因素组合，当前有些领域比较浮躁，学术研究也是快餐式的，似乎进入了"读图时代""网络时代"。在这种背景下，每年出版、发表的论著很多，但真正能够立于世界学术之林、经得起时间检验的可能比较少。人文科学的研究，需要的是坐冷板凳，做一些扎扎实实的基础工作，要求积累和集体协作。

中国社会科学网：您认为今后一个时期应从哪些方面推进敦煌学研究。

刘进宝：现在敦煌文献已经全部公布了，过去"搜宝式"搜集敦煌文献的时代已经结束，有条件从总体上对敦煌文献进行整理和研究。如按"二十四史"、《资治通鉴》的方式将敦煌文献校录出版，提供学术界使用；运用科学的方法，对所有的文献进行调查，通过残卷的缀合，可以知道敦煌文献的真实面貌，进而探讨藏经洞的性质；将文献与石窟结合研究、将敦煌学与丝绸之路结合研究，都会取得意想不到的成果。

构建敦煌学的学科体系，就要明确敦煌学的性质与概念。敦煌学是以地名学，它姓"敦"，不能无限地放大，更不能离开"敦煌"谈"敦煌学"。另外，敦煌学出现于 20 世纪初期，当时世界学术的潮流是东方学，而东方学则是在西方向东方侵略过程中出现的新学科，如埃及学、印度学、亚述学等。它没有一定的学科体系和理论架构，研究的对象也十分分散而不确定，并根据需要不断转换研究的重点和地域。在东方学背景下产生的敦煌学，也具有这些特征。我近几年对此也有所思考，先后发表了《再论敦煌学的概念与研究对象》《东方学背景下的敦煌学》《东方学视野下的"丝绸之路"》《东方学视野下的西北史地学》等文，就是想为构建敦煌学的学科体系做一点力所能及的工作。

中国社会科学网：您的专著《敦煌学通论》，经历了长期持续的治学探索。预计下一次修订出版是什么时候。

刘进宝：《敦煌学通论》从 1991 年出版第一版，已经 30 年了，中间进行了三次修订，同时还出版过韩文版和中国台湾的繁体字版。2019年出版了第四版。作为增订本的第四版，能够获得国家出版基金资助，是我没有想到的。出版后又入选国家社科基金中华学术外译项目，也是对本书的肯定。

《敦煌学通论》是不断修订完善的，第四版于2019年4月出版后，我已经发现了一些不足，开始了个别的小修订。2019年印刷的3000本已销售完毕，出版社已经第二次重印，又印了3000本。当然，这仅仅是第四版的重印修订，不是新的增订本。至于新的增订本，估计还要几年或者更长的时间。主要是看我对敦煌学是否有新的认识，是否需要将新的研究和新的认识加入其中，当然还有时间、精力等因素。

（中国社会科学网记者曾江访谈，中国社会科学网2020年6月22日发布，题目为"刘进宝：孜孜不倦致力于敦煌学学术史研究"，收入本书时略有修改）

《唐宋之际归义军经济史研究》后记

　　我从事归义军经济史的研究，是由于朱雷先生的提携与鼓励。1994年8月，在敦煌参加学术会议时，朱雷教授向我谈到，1995年9月将在武汉大学举行中国唐史学会第六届年会暨国际唐史学术研讨会，希望我能提交论文参加会议。由唐长孺先生创建的武汉大学中国三至九世纪研究所，是我特别向往之地，朱雷教授又是我特别敬重的学者，因此，我就积极准备参加会议。收到会议通知后，就报了归义军赋税研究的题目，但在具体撰写时，又感到自己学养有限，准备不足，仅就其中的"地子"问题写了《从敦煌文书谈晚唐五代的"地子"》一文。会后就将此文投寄《历史研究》，很快在1996年第3期刊出。

　　1997年9月，在朱雷先生的关怀下，我赴武汉大学跟随朱雷教授做访问学者。朱雷教授和武汉大学中国三至九世纪研究所各位老师的严谨学风、研究所的丰富藏书都使我舍不得离开。因此，在一年的学习结束前，我又报考了朱雷先生的博士生。1998年9

《唐宋之际归义军经济史研究》封面

月入学后，朱雷先生问我博士论文准备做什么题目。我就回答说：我近年在关注归义军经济史，想以归义军经济史研究为题，不知是否可以。另外，听说师兄雷绍锋已经以"归义军赋役制度研究"完成了博士论文，我是否还能做这一问题，需要先看看雷师兄的论文吗？朱雷师经过思考后回答说：这个问题你可以做，雷绍锋的研究方法和重点与你不同；但你现在不能看他的论文，等你的论文写完后，我再让你看他的论文。

在论文开始阶段，自认为从事敦煌学研究与教学已有十多年，研究归义军经济史也有几年了，并且已发表了几篇有关的论文，应该困难不大。但当真正以此作为博士论文撰写时，却感到问题很多，困难很大，三年时间根本不可能完成。就以本人思考较多、已有一些基础的赋税和土地制度为主撰写。当我将"归义军赋税、土地制度研究"的初稿交给朱雷先生后，先生认为：在归义军赋税制度研究方面，我已有了一定的基础和成果，而土地制度部分还比较薄弱，有些问题还不能给予合理的解释。因此建议我将土地制度部分删除，只写赋税制度部分。

2001 年 5 月，完成了"归义军赋税制度研究"的博士论文。论文完成后，中山大学历史系姜伯勤教授、厦门大学历史系杨际平教授、北京大学历史系荣新江教授参加了通讯评审；首都师范大学历史系郝春文教授、北京大学历史系祝总斌教授、厦门大学历史系陈明光教授、华中师范大学历史系熊铁基教授、湖北省社会科学院历史研究所李文澜研究员、武汉大学历史系陈国灿教授、冻国栋教授参加了论文答辩。各位评审和参加答辩的专家，都提出了一些非常中肯的意见。

博士毕业后，我仍然以归义军经济史的研究为重点或主攻方向。在撰写博士论文及以后的研究中，我感到敦煌资料毕竟有限，也仅仅是敦煌或主要是反映敦煌当地的状况。如果就"敦煌"研究敦煌，就将自己局限在了一个很小的范围，只有将其与中原地区的历史结合起来，走出"敦煌"，将"敦煌"纳入中国历史发展的总体系中，才能彰显出敦煌文书的价值，也才能将归义军经济史的研究置于唐后期五代宋初整个历史的广阔视野中。

正是基于这一认识，我于2003年以"从敦煌文书看唐宋之际经济的传承与演变"为题，申报了国家社科基金并获准立项资助。经过两年多的努力，最终以《归义军经济史研究——唐宋之际经济的传承与演变》为题于2006年2月结项。

在《归义军经济史研究——唐宋之际经济的传承与演变》上报国家社科基金规划办结题的同时，我又将书稿复制若干份，请中国社会科学院历史研究所张弓研究员、厦门大学历史系杨际平教授、敦煌研究院李正宇研究员、中国文物研究所邓文宽研究员、上海古籍出版社蒋维崧编审和我的导师朱雷先生审核并提出修改意见。上述先生和国家社科基金的匿名评审专家，都提出了许多中肯的意见，我综合这些意见又对书稿再次进行了修改，并采纳有关学者的意见，将书名改为《唐宋之际归义军经济史研究》。

本书只对归义军经济史的有关问题进行了初步探索，还不是一部完整的《归义军经济史》。就是这样一部不完整的归义军经济史，愚笨之我，也竟然用了十多年的时间。其中肯定还有这样那样的不足甚至错误，希望识者诸君多加指教。

荣新江教授是归义军史研究的专家，尤其是在归义军政治史和民族史研究方面做出了卓越的成绩，他的《归义军史研究》是我写作本书时常常参考的著作。拙稿完成后，又承蒙新江教授写序，使本书增色不少。

本书稿中的绝大部分内容，曾作为专题论文在《历史研究》《文史》《中国史研究》《中华文史论丛》《中国经济史研究》《中国边疆史地研究》《中国历史文物》《敦煌研究》《中国农史》《西北师大学报》《南京师大学报》等刊物和一些专题论文集中刊发，有些论文发表后还引起了学术界的讨论，如地子、敦煌的棉花种植等。在此，对以上刊物及有关编辑表示衷心的感谢。

中国敦煌吐鲁番学会秘书长柴剑虹先生、上海古籍出版社蒋维崧先生、上海辞书出版社社长兼总编辑张晓敏先生和中华书局副总编辑徐俊先生对本书的出版给予了特别的关注。由于柴剑虹先生和徐俊先生的帮助推荐，本书被纳入中华书局"中华文史新刊"系列，责任编辑朱立峰君细心审阅了书稿，做了大量的编辑工作。就在本书三校完毕即将印刷之际，接到全国哲学社会科学规划办公室的通知，拙稿被选入《国家社科基金成果文库》，并指定由中国社会科学出版社出版。中华书局领导给予了充分的理解和支持，同意与我解除出版合同，将书稿转入中国社会科学出版社。在此，我对中华书局及朱立峰君深表歉意。

书稿转入中国社会科学出版社后，第五编辑室主任黄燕生编审积极负责，认真调度；责任编辑冯广裕编审又做了细致的编校工作，使本书能够顺利出版。另外，在书稿的打印、资料核实和样稿校对过程中，曾得到研究生朱书玉、范学君、马鋆同学的帮助，在此一并表示感谢。

2006 年 12 月 3 日

（《唐宋之际归义军经济史研究》，中国社会科学出版社 2007 年出版）

大时代中的小人物

——《我们这代人的学问》前言

编辑这本专业研究之外的学术小文，不由使我想起30多年前的大学时光。我是1979年考入甘肃师范大学历史系的，属于"新三级"学人中的第三级。由于1949年以后我们向苏联学习，高校中普遍开设俄语课，地处西北的甘肃师范大学也与全国一样，以俄语教学为主。1978年改革开放后，全民又开始广泛学习英语，如《英语900句》之类的书曾风行一时。我们的师兄师姐——77级和78级同学外语课程学的是英语，到了我们入学时，已经没有英语老师可以上课了，而很多俄语老师则无事可做，学校就安排我们79级全部学习俄语。

当时学界的热点之一是中俄关系史，教我们中国近代史课程的吴廷桢老师是较早从事中俄关系史研究的学者，他代表甘肃师范大学参加了《沙俄侵略中国西北边疆史》的编写，并负责其中的第五章《沙俄武装侵占中国帕米尔地区》。为了写好本章书稿，

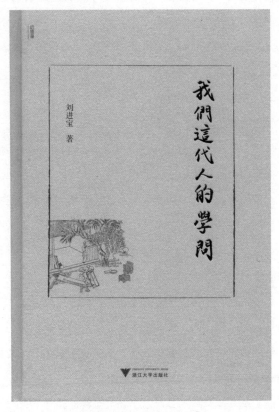

《我们这代人的学问》封面

以吴老师为主编辑了《帕米尔资料汇编》，由甘肃师范大学历史系于 1978 年铅印交流。在搜集资料和书稿撰写过程中，吴老师还在《历史研究》1977 年第 6 期发表了《沙俄武装侵占我国帕米尔地区的历史真相》，该文署名"郑史"，之所以如此，有两个原因，一是吴老师当时的"右派"还没有改正，不能署名发表论文，另一个原因则因为是集体任务，个人很少有单独署名的。当时甘肃师大的历史系与政治系合并在一起，称为"政史系"，取名"郑史"就是政治和历史的合称谐音。

《沙俄侵略中国西北边疆史》由人民出版社 1979 年出版，同时，人民出版社还出版了《沙俄侵华史》，陕西人民出版社出版了《沙俄侵略我国西北边疆简史》，在全国兴起了研究中俄关系史的热潮。在兰的高校以兰州大学为主，编辑出版了《中俄关系史论文集》（甘肃人民出版社 1979 年），成立了"西北地区中俄关系史研究会"，创办了研究会的"通讯"——《西北史地》。吴廷桢老师就是研究会在甘肃师范大学的联络人。

正是因为这一原因，我在大学阶段初期的学习兴趣是中俄关系史，吴老师建议我从林则徐入手，于是我就购买了来新夏先生的《林则徐年谱》（上海人民出版社 1981 年）。在认真学习《林则徐年谱》及其他资料的基础上，在吴老师的指导下，我撰写了第一篇习作——《"终为中国患者，其俄罗斯乎"——略论林则徐对沙俄侵华的预见》。这篇习作的初稿经过吴老师的精心修改后，我们联合署名油印，在历史系的学术会上作了交流。此篇论文经过修改后以《略论林则徐对西北边患的预见》为题在《西北史地》1984年第1期发表。这是因为此时中苏关系开始缓和，编辑部就建议改了标题。

在仔细学习来新夏先生的《林则徐年谱》时，我还买了来先生的《古典目录学浅说》（中华书局1981年），随后又见到了来先生的《近三百年人物年谱知见录》（上海人民出版社1983年）。在学习中了解到来先生曾出版过《北洋军阀史》等著作。

就这样，我开始关注来新夏先生，知道来先生的知识面非常广博，在许多方面都有建树。于是就在心中暗暗下定决心，要向来先生学习，扩大阅读面，如果以后有机会读书、做学问，也一定要像来先生那样广泛涉猎。

后来，我的学术兴趣转向了敦煌学，但广泛阅读的习惯一直坚持下来，大学时代就订阅了《文史知识》《史学月刊》等，以后又长期订阅《文汇读书周报》《社会科学报》《中华读书报》《中国社会科学报》等，也断断续续订阅过《光明日报》《南方周末》《中国图书商报·书评周刊》等。至于一些专业刊物，也是尽量订阅。这样，我的阅读面相对就要广一些。

1991年初，我的《敦煌学述论》正由甘肃教育出版社审阅出版之际，江泽民总书记致信国家教委负责人何东昌等，就对青少年儿童进行中国近代史、现代史国情教育问题作出指示。为了贯彻落实总书记的指示，甘肃教育出版社总编辑徐明珏先生提出要为青少年编写一套通俗的中国近现代史读物，徐总编知道我是学习和研究历史的，就希望由我负责其事。

听到徐总编的话，我感到非常惊诧，因为我学的专业是隋唐史，从事的是敦煌学研究，对中国近现代史根本不熟悉，也绝对没有能力承担这一工作。但由于甘肃教育出版社对我的厚爱，徐总编的建议我又不能拒绝；再加上当时出版非常困难，而编写这套书不仅不需要出版费，而且还有稿费。我就答应帮忙联系，承诺肯定会找到比我更合适的作者。

随后我与大学老师、中国近代史专家吴廷桢先生和中国现代史专家徐世华先生联系，得到了他们的首肯，就与甘肃教育出版社签订了图书出版合同。在签订合同的前后，吴老师和徐老师都曾提出由我们三位主编，我当然是断然拒绝，随后他们又曾建议让我在某本书上署名，我也没有答应。我知道他们完全是好意，希望通过此办法让我拿一点稿费。但我知道自己对中国近现代史没有研究，如果从事某一部分的写作，就要下大力气阅读相关资料，这对我来说是根本不可能的。但如果没有参加写作而署名，在我的心理上又是绝对不允许的。这就有了吴廷桢、徐世华主编，甘肃教育出版社 1993 年出版的《中华百年史小丛书》，全套丛书共 6 册，即《三千里硝烟》《辛亥风云》《西学东渐》《抗日烽火》《改变历史进程的战争》《光明与黑暗的决战》。

2002 年我从西北师范大学调入南京师范大学。南京是全国六朝史研究的重镇，纯粹的唐研究虽然相对薄弱，但唐代文史研究的大家——卞孝萱、周勋初和郁贤皓三位先生都在南京。我既然到了南京，自然想得到卞孝萱、周勋初和郁贤皓三位先生的指点。由于先师金宝祥先生的关系（卞先生早年曾是范文澜先生的助手，并协助范文澜撰写《中国通史》的隋唐五代卷。金宝祥先生是50年代初由范文澜介绍到西北师范学院任教的），我和卞孝萱先生在1984年就认识了，并一直有着联系，到南京后交往就更多了。卞先生曾邀请我协助他主编了《新国学三十讲》。我主编《百年敦煌学》时，也得到了卞先生的支持和赐稿。

为了向周勋初和郁贤皓先生请教，我就要了解他们的学问，学习他们的论著，以便有与他们对话的基础和资格。周先生的《唐语林校证》《唐人轶事汇编》我早就购买阅读，他的文章我也看过一些。周先生和他的学生余历雄的《师门问学录》由凤凰出版社2004年出版后，我认真读了此书，很受启发。当然也有一些疑问，我曾多次到周先生府上面谈、请教《师门问学录》中的书、人和事，当然也表达了某些不同的见解。周先生由于研究的需要，还让我帮他复印了先师金宝祥先生发表在《西北史地》上的《吐蕃的形成、发展及其和唐的关系》。当周先生主编的《册府元龟》点校本出版后，虽然我已经有了中华书局的影印本，但还是毫不犹豫地买了一套。本书所收《〈册府元龟〉校订本出版的启示》就是为了表彰周先生领导的团队对唐史研究的贡献。

郁贤皓先生是南京师范大学文学院的教授，他整理的《元和姓纂》和编著的《唐刺史考全编》《唐九卿考》，是唐史研究者的案头必备书。有次在郁先生家聊天时，郁先生告知，他主编的"普通高等教育'九五'国家级重点教材"《中国古代文学作品选》(六卷本)拟申报国家精品教材,他已请中华书局的傅璇琮、南京大学的周勋初、复旦大学的章培恒、陕西师大的霍松林、南开大学的罗宗强五位先生写了推荐意见,同时提出让我也写一份推荐书。郁先生的话让我大吃一惊,我立即说:"这绝对不行,我是晚辈,而且是历史专业,哪有资格来写这个推荐!"但郁先生说:"行,哪有什么不行,你就从你的角度写一个。"郁先生的指示让我诚惶诚恐,但又无法拒绝,这就有了收入本书的《史学视野中的〈中国古代文学作品选〉》。

在卞先生、周先生和郁先生书房中请教、问学和聊天,那是非常愉快的,我们谈文学、谈历史、谈掌故。我不仅扩大了知识面,知道了许多学林掌故,也从他们身上领略了大家的风范,受益无穷。

来新夏先生说自己一辈子只做了一件"正经事",这就是读书。他认为"读书的两大目的就是淑世和润身。淑世是对社会有所功用,润身是丰富自身的修养"。来先生广博的学问,我是根本无法企及的,但心向往之。

我没有什么业余爱好,也不喜欢外出旅游。我的业余生活主要是在专业的工作之外,泡杯茶来翻杂志和报纸,也看小说和一些闲书(专业以外的书)。收入本书的许多篇章,就是这种业余生活的产物,即读专业以外图书的感想,有些是将平时所思所想反映在纪念文章和讲义之中,还有些是在报纸上发表的专业内的通俗文章。其中的绝大部分我仅仅是浅尝辄止，并没有专门研究，也没有公开发表过。是耶，非耶，也只好让读者来评判了。

正因为是不够深入的非专业文章，所以我想的书名是《业余生活》，但编辑认为不大好。后来又想用《读书的乐趣》，编辑看了书稿后，提出用我在胡可先《新出石刻与唐代文学家族研究》新书发布会上发言的题目《我们这代人的学问》，这个书名应该说更符合本书的内容和我编辑这本小书的理念。

当可先君邀请我参加他的《新出石刻与唐代文学家族研究》新书发布会时，不知道该说点什么，我就将可先君的学术理路作了简单的梳理，将发言的题目定为《我们这代人的学问》，其主要目的就是赞扬可先文史兼通的学问。我也希望我们的下一代学人，能够出现在断代史的各个方面，或超越断代史，在整个中国古代史或中国史领域都有发言权的学者。

"我们这代人"主要是指新三级学人，即77、78、79级大学生和78、79级研究生。说到"我们这代人"，绕不过去的是1978年。1978年是值得纪念或怀念的一年，以十一届三中全会的召开为标志，这一年被定为改革开放年，这主要是从政治上说的。如果从科学史的角度考察，还有不能忽略的全国科学大会。

从1977年9月开始筹备，1978年3月18日，中共中央、国务院在北京召开了全国科学大会。在有6000人参加的开幕会上，中共中央副主席、国务院副总理邓小平作了重要讲话，号召大家"向科学技术现代化进军"。并明确提出"知识分子是工人阶级

的一部分"，重申"科学技术是生产力"。在 3 月 31 日的大会
闭幕式上，宣读了中国科学院院长郭沫若的书面讲话——《科学
的春天》。

邓小平提出"知识分子是工人阶级的一部分"，将知识分子
从"臭老九"解放出来，开始作为"工人阶级的一部分"对待，
确立了尊重知识、尊重人才的根本方针。所以这一年，不仅标志
着"科学的春天"的到来，而且还被视为一个新时代的起点。

这一年的春天，77 级大学生入学，由于 77、78 级招生规定
年龄可放宽到 30 岁，而且婚否不限。这一年，中断了多年的研
究生招生也在全国部分重点高校恢复，报考的年龄也从 35 岁放
宽至 40 岁。所以，在新三级学人中，年龄、经历差别很大，夫
妻同校、两代人同读的现象并不鲜见。

"我们这代人"处在一个思想的时代。由于以前的规章制度
被破坏或废除，新的规章还未建立，没有各种制度牢笼的束缚，
许多的思想、理论和方法便纷纷呈现。今天看来，有些理论和方
法并不一定正确，如"老三论"（系统论、控制论和信息论）和"新
三论"（耗散结构论、协同论、突变论），并不一定适合人文学科，
虽然有生搬硬套的痕迹，但不可否认，当时的许多新思想、新方法，
对于开拓人们的视野、打开人们的思维方式是很有启发和帮助的。
如 1980 年 5 月，《中国青年》发表了署名"潘晓"的来信，提出"人
生的路啊，怎么越走越窄"，引发了全国范围的"潘晓讨论"；
李泽厚的"三论"（《中国古代思想史论》《中国近代思想史论》

和《中国现代思想史论》）、"走向未来丛书"等，使我们的思想更加开阔；我们看手抄本《第二次握手》，争相传阅报刊上公开发表的《爱情的位置》《丹凤眼》等小说，才知道爱情原来是美好的，也是可以歌颂的；《在社会的档案里》《飞天》等中短篇小说，使我们对社会有了更加全面的认识。

"我们这代人"处在一个学习的时代。我们的学习没有今天应试教育的强迫，也没有今天考核、填表的压力，更没有津贴、奖金的诱惑，就是要将失去的时间夺回来，要提高自己，为国家的"四个现代化"建设贡献力量。徐迟的报告文学《哥德巴赫猜想》在 1978 年 1 月的《人民文学》发表，不仅塑造了一代知识分子的代表——陈景润，更是引起了全社会对知识的重视和对知识分子的尊重。那是一个真正尊重知识，知识分子受到普遍尊重的时代。

大家对知识的渴望非常强烈，晚上宿舍熄灯后，就在走廊、路灯下看书；由于图书的稀少，常常是排队阅读，甚至你是前半夜，我是后半夜；为了购买《现代汉语词典》《唐诗三百首》等等，书店门口经常排着长长的队伍；由于需求量太大，许多文学杂志都是在各地限量发行，就连发行 200 多万份的《中国青年》，我在兰州都无法订到，只能托中学老师在县城订阅后再寄送给我。当时的学习真可说是如饥似渴。

"我们这代人"处在一个有理想的时代。当时虽然国家还比较贫穷，也在许多方面落后，但我们充满着信心：我们的国家会越来越好，我们有着光明的前途，即我们是幸福的，真正是将个人的命运与祖国的前途紧密结合在了一起。我就读的西北师范学院是省属高校，主要是培养中学教师。当时教育我们毕业后要到艰苦的地方去，到边远的地方去，到祖国最需要的地方去，即国家的需要就是我们的选择。我是一颗螺丝钉，哪里需要就往哪里拧。正因为这样，我们才忘我的、如饥似渴的学习，力图多购买、订阅、抄录一些资料。万一被分配到山区中学，条件有限的话，自己学习到的知识和储备的资料，能够满足中学的教学需要。

"我们这代人"处在一个物质贫乏的时代。当时经济短缺，生活普遍比较艰辛。复旦大学文史研究院院长葛兆光教授说："我研究生毕业后曾在扬州师院任教，大多数时候是跟人合住的。直到80年代末在北京，住的也只是9平米的房，窗子在高处，仿佛监狱，又好像仓库。住上三室一厅的房子是在2000年，那是当了副教授15年、正教授八九年后了。"我个人的经历也与葛老师差不多，1983年大学毕业后留校工作，4个青年教师住一间宿舍，结婚一年多后分配了一间土平房，是1939年成立西北师范学院时最早盖的一批房子，与葛老师的一样，"窗子在高处，仿佛监狱，又好像仓库"。评上副教授后，分到了一套30多平米的旧楼房，评上教授后才分到了一套80平米的房子。

当然，我们不能要求今天的年轻学者与我们一样，毕竟社会发展了，时代不同了，要求和需求自然也不同了。但我们面对缺乏诚信、更加注重物质、功利化色彩浓厚的当下，青年学人的选择也很重要。正如南京大学的元史专家刘迎胜先生说："目前中国经济上已经是世界第二大国，我们的青年学者更要认真思考，自己所做的学问，自己所在的学科怎么样才能达到和国家、民族新的国际地位相称的水平，要做到这一点，自己又需要付出怎样的努力，体现出我们知识分子的家国情怀。"（王东平《研究中国历史需要世界的眼光——刘迎胜教授访谈录》,载《史学史研究》2018 年第 4 期）

2019 年 1 月 31 日

2019 年 3 月 16 日修改

　　（本文为《我们这代人的学问》一书自序。《我们这代人的学问》，浙江大学出版社 2019 年出版）

后 记

本书能够出版，非常感谢浙江古籍出版社王旭斌社长的厚爱和信任。2020年8月18日，在赴敦煌开会途中，与王旭斌社长相遇并相识，期间谈到了敦煌学及相关的出版。9月15日，王社长与陈小林副总编来寒舍聊天，其中就谈到了出版"问学"丛书的设想。随后，王社长多次邀我担任"问学"丛书的主编。但由于自己事务繁杂，能力有限，一直没有答应，提出能否再请一位学者负责。11月30日在杭州参加"浙江古籍出版社'十四五'规划专家座谈会"，议题之一就有"问学丛书编纂方案讨论"。会上提出由傅杰老师与我一起担任丛书主编，这一提议得到了与会专家的同意和认可，这样我只能勉为其难地接受了。

会议期间，我申报的书名是《从陇上到吴越——我的学术之路》，想将《我们这代人的学问》之外有关的学术随笔整合在一起。但在编辑过程中，感觉目前不论是学术界，还是普通民众，都对敦煌和敦煌学比较关注，社会各界对有关敦煌学的通俗类读物有较多的需求，而我近年关注的重点还是敦煌学，所以就改变设想，将敦煌学之外的内容全部删除，将书名更改为《敦煌学记》。

本书所收基本上都是通俗的普及文章，绝大部分都在《敦煌研究》《文史知识》《光明日报》《中国社会科学报》《中华读书报》等报刊发表过。收入本书时虽然进行了一些增删和修改，但由于本书所收文章发表的时间跨度比较长，期间我的有些看法也会有改变，所以可能前后还有不一致处。浙江古籍出版社编校团队认真负责，避免了我的一些错误，特此表示感谢。

刘进宝

2021 年 6 月 28 日